双葉文庫

真・八州廻り浪人奉行

虹輪の剣

稲葉稔

目次

虹輪《こうりん》の剣

真・八州廻り浪人奉行

第一章　和泉橋

一

蒼《あお》い月光を受けた神田川はゆるやかに流れていた。

茂った柳が川風を受けて、ゆっくり揺れている。その川に架かる和泉橋《いずみばし》を、神《かん》田佐久間町《だ さ く ま ちよう》のほうからやってきた一人の男がわたりはじめた。片手に重そうな巾着《きんちやく》をさげ、提灯《ちようちん》を持っている。身なりはいい。

麻の小袖に絽《ろ》の羽織。白足袋を雪駄《せった》に通していた。

男は少し酔っていた。橋の中ほどで立ち止まって、ふうと息を吐き、巾着をさげた手を使って、器用に首筋の汗をぬぐった。

男は年のころ四十半ばで肉づきがよかった。どこかの旦那風情である。

橋をわたれば両側が柳原土手《やなぎわらどて》で、その先には両国広小路と八ツ小路をつなぐ道が東西に伸びている。柳原通りという。

男が橋をわたり終えたときだった。右手の土手から黒い影が、まるで大きな鳥のように舞いおりた。男は突然のことにはっとなって、一歩後ずさった。

目の前に二人の男がいた。頭巾を被っているので顔はわからないが、腰に大小を差していた。

「伊東屋安兵衛《いとうややすべえ》だな」

右側の男が聞いた。

「な、なんでございましょう……」

目の前の男たちには殺気が感じられた。

安兵衛は身の危険を感じ、逃げようと思うが、体が思うように動かない。男たちに応じた声はふるえていて、口の中がからからになった。

「悪いが、死んでもらう」

「ひぇー」

安兵衛は悲鳴をあげるなり提灯を投げ捨て、後戻りする恰好で逃げようとしたが、その背に強い衝撃を受けた。一瞬にして熱いものが背中に広がった。

(死にたくない。まだ生きていたい)

安兵衛は背中に一太刀浴びたとわかっていたが、生への執着が強かった。こんなところで殺されてなるものかと思った。橋の欄干《らんかん》にしがみついた。

襲撃者は再び斬ってはこなかった。安兵衛は折れそうになった膝《ひざ》をのばして、男たちを振り返った。二人の男は、闇に溶け込んだような影になっていた。

じっとこちらを見ている。

「止《とど》めを……」

一人がつぶやくようにいうと、もう一人が青光りのする刀をさげたまま近づいてきた。

「ひっ……ひっ……お、お助け……」

安兵衛は斬られまいと、体がのけぞるようになった。それがために橋の欄干が軸になって、そのまま川の中に落ちてしまった。

(落ちる)

と、思ったが、その一瞬後には意識を失っていた。


「怪我の具合はどうだ?」

「ひでえ傷だけど、生きちゃいるよ。それに先生の手当てがよかった。死にはしないだろうって……」

そんな声が近くで聞こえた。

安兵衛はうっすらと目をあけた。

「あ、気を取り戻したようだ。おい、あんた、大丈夫か?」

頭の禿げた年寄りが覗き込むようにして聞いてくる。その隣には二人の男がいた。

「ああ……」

安兵衛が小さく答えると、

「よかった。三途《さんず》の川から戻ってきたんだね」

と、若い男がいい、

「三途の川じゃないよ。神田川からだよ」

と、もう一人の男が冗談めかしたことをいった。

「おまえさんたち、おしゃべりはいいから黙っていな」

禿げた年寄りがたしなめて、安兵衛に顔を寄せてきた。

「あんた、どこの人だい? 家はどこにある?」

「……わたしは神田佐久間町の……い、伊東屋です」

背中の傷がうずいたので、安兵衛は顔をしかめた。

「伊東屋って呉服屋のかい……」

「あ、そうだ、この人は伊東屋の旦那だよ」

若い男が目を瞠《みは》っていった。

「そうなのかい？」

「はい、誰か呼んできてください。女房でも奉公人でも誰でもいいです」

「わかった。定吉《さだきち》、身許がわかったから走って行ってくるんだ」

禿げた年寄りにいわれた若い男が、部屋を飛びだしていった。

そこは豊島町《としまちよう》の自身番だった。禿げた年寄りは書役《かきやく》の亀兵衛《きへえ》といい、もう一人は弥吉《やきち》という番人だった。伊東屋に走っていった定吉も番人であった。

定吉が戻ってくる間に、安兵衛は自分が見も知らぬ男二人に襲われて斬られたことを話した。一方、亀兵衛はどうやって安兵衛が助けられたかを話した。

それによると、安兵衛は川に落ちて浮いていたようだ。それを通りかかった猪《ちよ》牙《き》舟の船頭が見つけて助けあげ、この自身番に運び入れたということだった。

「その船頭の名はわかりますか？」

「清次郎《せいじろう》といいます。柳橋の船徳《ふなとく》の船頭ですよ」

「命の恩人です。お礼をしに行かなければなりません」

「それは傷が治ってからでいいでしょう。それにしても無事でなによりでした」

「命運《いのちうん》があるんでしょう。でも、清次郎さんという船頭さんはどうしてここにいないんです？」

「しばらくいましたよ。お医者さんが手当てを済ませるまでついていました」

安兵衛は首を動かして自身番のなかを見まわした。

「お医者さんは……」

「とっくに帰りましたよ。近所にお住まいの久庵《きゅうあん》という先生です」

「……わたしはずいぶん気を失っていたんですね」

「たっぷり一刻は、眠ったままでした」

すると、もう九つ（午前零時）近い刻限だろうと、安兵衛は思った。

そのとき、腰高障子ががらりと勢いよく開けられ、定吉が飛び込んできた。

「た、大変です。伊東屋が……伊東屋が……」

定吉は書役から安兵衛に視線を移した。

「なんだい血相を変えて、伊東屋がどうしたってんだい」

書役の亀兵衛がいうのへ、

「み、店の者が斬り殺されちまってんです」

と、定吉は声をふるわせた。

「なんだって」

安兵衛は背中の痛みも忘れて布団を払いのけた。

二

御用屋敷内の長屋を出た松川左門《まつかわさもん》は、立てかけてある釣り竿を手にすると、まっ青に晴れわたった空をあおぎ見た。

「よく晴れてやがる。やっぱり釣り日和だわい」

好きな釣りを思う存分やるつもりでいるから、自然に頬がゆるむ。そこは関東《かんとう》取締役掛《とりしまりやくがかり》・榊原小兵衛《さかきばらこへえ》が住まう馬喰町《ばくろちょう》の御用屋敷であった。

左門はその屋敷内の長屋に妻のお茂《しげ》と住んでいる。つまり、左門は榊原小兵衛配下の関東取締出役《しゅつやく》（八州廻り）だからである。仕えている代官は山口鉄五郎《やまぐちてつごろう》であるが、八州廻りに抜擢されて、この屋敷住まいとなっていた。

「あまり遅くならないでくださいよ」

お茂が家の中から声をかけてきた。

「日の暮れる前には帰ってくる。心配無用だ」

左門は竿をしゅっしゅっと二度ばかり振って肩にかけた。

(春斎《しゅんさい》も誘いたいのだが……)

八州廻りの同輩の小室《こむろ》春斎のことを思いながら表門に向かう。春斎は、いまは小石川同心町《こいしかわどうしんちょう》の拝領屋敷に移っていた。

どこかで季節外れの鶯《うぐいす》の声が短くした。

(まだ、鳴いてやがる)

そろそろ蟬の鳴きだす季節だというのに、あきれた鳥だと庭の木々に目を向けた。松や欅《けやき》、楠《くすのき》が青空に聳《そび》えており、その近くには楓《かえで》や躑躅《つつじ》などが植えられていた。しかし、鶯の姿はどこにも見えなかった。

門そばにいる番人の挨拶を受けた左門は、脇の潜《くぐ》り戸から表に出た。目の前に初音馬場《はつねのばば》があるので、いきおい馬糞の匂いが漂ってきた。同時に町屋からは、客寄せをする呼び込みの声が聞こえてくる。

「左門……松川……」

不意に背中に声がかかったのは、馬喰町の町屋に差しかかったときだった。左門は後ろを振り返って、

「これは……」

と、四角い顔の中にある豆粒のような目を大きくした。

「久しぶりだな。変わりないようでなによりだ」

「中山《なかやま》さんもお変わりないようで……」

左門が応じると、中山という相手はゆっくり近づいてきた。小袖を着流し、大小を差している浪人の身なりをしている。

しかし、この人物は北町奉行所の隠密廻《おんみつまわ》り同心だった。名を中山勘兵衛《かんべえ》といい、左門の元上役であった。

「見廻りですか？」

左門は近所でなにかあったなと直感して聞いた。

「うむ。探索中ではあるが、おぬしにちと相談をと思ってな。そこまできたら、具合よくおぬしの後ろ姿が見えたので、よほど縁があるようだ」

中山は片頬に渋い笑みを浮かべた。よく日に焼けて鼻梁《びりょう》が高かった。

「釣りか……。羨ましいもんだ」

「相談といわれましたが……」

「それだ。手間は取らせねえ。ちょいと話を聞いてくれ」

中山はそういって、さっさと歩いてゆく。左門は拒むことができない相手なので、あとにしたがうしかない。

中山は旅人宿がひしめく馬喰町の通りを突っ切り、横山町《よこやまちょう》にある一軒の蕎麦《そば》屋《や》に入った。あまり目立たない小さな店だった。

「なにがありました？」

せいろが届いてすぐに左門が口を開いた。

「殺しだ。聞いていねえか？」

中山は職人風の言葉を使う。もちろん武士言葉も使うが、普段は町の者と接することが多いので、自然にそうなるのだ。左門も昔はそうであった。

隠密廻り同心は、いわゆる三廻り《さんまわり》（定町《じょうまち》廻り・臨時《りんじ》廻り・隠密廻り）と呼ばれる同心の筆頭で、出世役でもあった。それだけに有能な者が就く。

身形《みなり》も小袖の着流しに三紋付きの羽織ではなく、ときには浮浪者や浪人、あるいはお店者《たなもの》や職人に変装することもある。

命令は直接奉行から下されるが、その後の探索は本人に委《ゆだ》ねられる。他の同心らの探索区域は江戸領内とかぎられているが、隠密同心は必要に応じて遠国《おんごく》に出《で》張《ば》ることもある。

しかしながら南北町奉行所には、それぞれ二名しか配置されていない。

中山は神田佐久間町一丁目にある呉服商・伊東屋で起きた事件を話していた。左門は蕎麦をすすりながら耳を傾けている。

伊東屋が襲われたのは二日前で、住み込みの奉公人、主・安兵衛の女房子供、合わせて九人が殺されていた。

「金目当てだと思ったが、調べると金はそう盗まれちゃいねえ」

「すると恨みかなにか……」

左門は中山の顔を見つめた。格子窓がその片頬に縞《しま》を作っていた。

「はっきりそうだとはいえねえが、単なる押し込みとは思えねえ」

「主の安兵衛は生きていたといわれましたね」

「その安兵衛も殺されそうになったのだが、運良く命拾いしている」

中山はその経緯を話した。これは豊島町の自身番と、安兵衛本人から聞いたことだ、と付け足した。

「もしや、賊の狙いは安兵衛だったと……」

「いや、それもわからねえ。だが、あやしい男はいる」

「誰です？」

我知らず左門は中山の話す事件に引き込まれていた。

「新七《しんしち》という年季が明けたばかりの奉公人だ。祝いに休みをもらっているが、殺しが起きたのはその夜のことだ」

「だからといって新七と決めつけるのは……」

「決めつけちゃいねえ。新七と決めつけるのは……」


「決めつけちゃいねえ。だが、なにか知っているかもしれねえ。調べているうちにわかったのだが、新七は、安兵衛を快く思っていなかったようだ。それに安兵衛の女房と通じていたという疑いもある」

「だったら、安兵衛だけが邪魔なんじゃ……他の奉公人まで手を出す理由はないでしょう」

「それがわからねえのよ。生き残りの番頭や手代たちから話は聞いているが、疑わしいやつは一人もいない」

「それじゃ新七だけがあやしいと……」

「うむ」

中山は残りの蕎麦を平らげて、ゆっくり茶に口をつけた。

その間、左門は中山の意図するものはなんだろうかと考えていた。もはや釣りのことは忘却《ぼうきやく》の彼方にある。

「ひょっとしてわたしに新七を探してほしいと……」

　中山が湯呑みを置いて左門を見た。

「もし、相州《そうしゅう》方面に廻村《かいそん》に行くならばの話だ。新七は平塚《ひらつか》の出で、実家に帰っているはずだ。念のためにやつを調べたい。調べたいがおれの体は身動きが取れねえ。他の隠密廻り然《しか》りだ。困っておってなァ」

　中山は爪楊枝《つまようじ》で歯をせせりながら、左門から目を離そうとしない。その目はやってくれといっている。

「つぎの廻村まで十日ほどあります。それに、わたしの同輩で相州に行く者がいます」

「やってくれるか」

　中山は身を乗りだして目を輝かした。

「もっと詳しいことを教えてください」

三

　窓の外に夕焼けの空が広がっていた。

　鴉《からす》が数羽、その空を横切るように飛び去った。

　西日を受けた部屋は蒸すように暑くなっていたが、吹き込んでくる夕風が救いであった。

小室春斎は寝そべって煙管《キセル》を吹かしていた。

剥き出しの腕にも盛りあがった肩にも、うっすらと汗がにじんでいた。さらされた背中には、いくつもの刀傷があった。どれもが古傷である。

「お侍……ねえ……」

女が春斎の逞《たくま》しい腕にすがりつくように頬をよせた。春斎は自分の吐きだす紫煙を、黙って目で追った。

「ねえ、ねえったら……」

女は甘えるような声を漏らして、春斎の腕を揺さぶる。

「どうした？」

女は春斎の顔を覗くように顎を持ちあげて、うふっと笑った。

「お侍、強いのね。……泊まっていってくれない」

「そうはいかぬ」

春斎は煙管を煙草盆に打ちつけて、半身を起こした。

それに合わせて、女も身を起こす。白い乳房が西日に染まった。

女はお清《きよ》といった。ほんとうの名なのか、店での名なのかわからないが、春斎にはどちらでもよいことだった。

廻村から江戸に帰ってくると、ときどきこういう岡場所の女郎屋の世話になる。無聊《ぶりよう》を慰めたくなるのは、激務のせいだけではない。やはり、春斎の肉体は若いのだ。

その日、昼過ぎに自宅屋敷を出た春斎は、そのまままっすぐ音羽町《おとわちよう》九丁目に足を向け、当てずっぽうに店に入ったのだった。

音羽町は護国寺《ごこくじ》の門前町として栄えており、表通りには種々の問屋や料理屋、茶店などが軒をつらねているが、九丁目と隣の桜木町《さくらぎちよう》の裏道には女郎屋があった。

春斎が入ったのはその一軒で、ついた女がお清だった。小柄ではあるが、肉づきのよい女で、くわえて床上手であったから、春斎も普段になく満足していた。

「やっぱり帰ってしまうの……」

お清はいかにも残念そうな顔をした。芝居ではないと春斎にもわかる。

「すまぬな。今度ゆっくり遊びに来よう。……これは、いっしょにおれぬ詫びだ」

春斎が心づけといっしょに金をわたすと、お清は目を瞠った。

金一両。

「こ、こんなに……」

「かまわぬ。店にはないしょにしておくんだ」

春斎が身支度をすると、お清が慌てたように手伝いはじめた。

「いくつだ？」

「は……」

「年だ」

「二十二です」

「……いい年ごろだな」

「まあ……」

春斎はもっとなにかをいってやりたいと思ったが、へたな同情は禁物だった。お清も好きで女郎になったわけではないはずだ。人にいえぬ苦労やつらい思いをしてきただろうが、それは本人にしかわからないことである。

「お侍、また来てくれますね」

着衣をととのえた春斎に、お清が名残惜しげな顔を向けてくる。小振りながら厚い唇が濡れたように光っていた。

「うむ。元気でおればな」

春斎はそういって、お清に背を向けた。そのまま部屋を出たが、お清はまだ佇《たたず》んでいるようだった。

春斎が階段に足をかけたとき、お清の声が背中にぶつけられた。

「元気でいて下さいよ、本当にね」

春斎は一瞬立ち止まって、口辺に笑みを浮かべた。

それからゆっくり階段をおりはじめた。


自宅についたときには夕靄《ゆうもや》が漂っていたが、それでも空には日の名残があった。長い梅雨を終えた空は、暮れるのをいやがっているように日がのびている。

「春斎」

声をかけられたのは、木戸門を入ってすぐだった。

振り返ると、松川左門が立っていた。

「これは、松川さん」

「留守だったから暇をつぶしていたのだが、どこへ行っていた？」

「詮無《せんな》いところです。それで、なにか急用でも……」

「無粋なことをいいやがる。用がなくてもおぬしに会いに来ることもあるんだ。だが、まあ、今日はちょいと相談があってのことだ」

左門は恰幅《かっぷく》のいい体を近づけてきた。

「それじゃ家で聞きましょう」

左門を座敷に招じ入れた春斎は、酒を出した。二人とも酒豪である。一升や二升の酒で潰れはしない。

「すっきりした顔をしているな」

左門がにたにたしていう。春斎は太い眉を動かして、視線をそらした。

「久しぶりに朝風呂を楽しんだからでしょう」

「いかさまな。ひげもきれいに剃っておる。しかし、髷《まげ》が少し乱れておるぞ」

左門はそういって、からかうような笑いを漏らした。

「人の悪いことを……」

「ま、よいよい。それよりひとつ頼まれてもらいたいことがある」

左門はそういって本題に入った。

四

「どう思う？」

話を終えた左門は、春斎の顔を覗き込むように見た。

「新七が下手人だとするには、少し無理があると思いますが……」

「それはわしも思うところだ。しかし、まったくそうではないともいい切れぬ」

「……たしかにそうでしょうが、気になるのは賊の目当てです」

「さよう」

「賊が盗んだ金は多くない。帳場と主の安兵衛の寝間にあった金だけ盗まれていたんでしたね」

「しめて五十両にも満たぬ。金蔵はそのままだ。そのことから賊は、安兵衛を狙っての押し込みだったのではないかと推量できる」

「安兵衛に恨まれるような節は？」

「いまのところはない。そこで、新七の仕業《しわざ》だったともいえるのだ。やつは安兵衛の女房・お仙《せん》とただならぬ仲だったという話がある。だが、新七はお仙のことを疎《うと》ましく思っていた」

「なぜ、そうだと……」

春斎は酒で赤くなっている左門を見た。

「新七には惚れた女がいた。近所に『神田川』という鰻屋《うなぎや》がある。美代《みよ》というそこの娘だ」

「…………」

「新七はお仙と手を切るために殺しをした。だが、他の奉公人に見つかってしまい、やむなく皆殺しに……」

「主の安兵衛を襲ったのは二人の男でしょう。しかも大小を差していたと……。新七とのつながりがわかりません」

「たしかにそうだ。だが、行方がわからないのは新七一人のみだ。他の手代や番頭らの疑いは晴れている。下手人を新七だとするのにはいささか無理はあるが、調べないわけにはいかぬ。そういうことだ」

春斎はぐい呑みに口をつけて、しばらく宙の一点を見つめた。

すでに日が暮れており、縁側の向こうにある小庭には闇が下りていた。つけたばかりの行灯《あんどん》が、春斎の精悍な顔を照らしていた。

「もし、新七が下手人だとするならば、なぜ世話になった安兵衛をも手にかけようとしたんでしょう？　それに新七に刀が使えたかどうか、それも気になります」

「おぬしも、やはり同じことを考えるな」

「無理からぬことです」

「新七に剣術の心得はなかった。だが、安兵衛は新七をむげに扱っていたという。安兵衛はそうはいわぬが、他の奉公人はここ半年ばかりつらくあたっていたといっているらしい。それも女房と新七の関係に薄々気づいたからではないかと、そういう話だ」

「すると、新七は世話になった安兵衛を憎んでいたと……」

「わかりやすくいえばそういうことだ」

左門はぐい呑みをほして、手酌でついだ。

「新七が下手人かどうかはともかく、罪もない店の者が九人も殺されているというのは見逃せません」

「いかにも。町方も動いちゃいるが、まったく手掛かりがない。わしに相談を持ちかけてきた中山さんも手を焼いているようだ」

「その中山さんは隠密廻りでしたね。それも松川さんの上役同心だったと」

「そうだ」

「差し出がましいかもしれませんが、なぜ松川さんは御番所を……」

これまで聞いたことはなかったが、春斎は思いきって訊ねた。以前から気になっていることだったのだ。

左門は浮かべていた笑みを引っ込め、しばらく躊躇《ためら》うように視線を泳がせ、

「まあ、おぬしにはいずれ話そうと思っていたのだが、かまえて他言無用だ」

そう釘を刺してから、言葉をついだ。

「へまをやらかしてな。それも隠密廻りを拝命して早々のことだった。まったく、いまになっても恥ずかしいかぎりだ」

左門は舌打ちをして、苦そうに酒をなめると話をつづけた。

「あのときおれは、古道具屋に押し入り、老夫婦を殺して金を盗んだ浪人を追っていた。手掛かりは少なかったが。他の町方が目をつけた男がいた。水谷六左《みずたにろくざ》右衛門《えもん》という御家人崩れで、博徒一家の用心棒をやっているような男だった」

左門は水谷の足取りを追ううちに、女の存在を知った。

千枝《ちえ》という女郎あがりの女で、深川相川町《あいかわちょう》に住んでいるのがわかった。早速、左門は千枝を見張ったが、さっぱり水谷の現れる様子がない。

左門は見張りをやめ、千枝に接近することにした。隠密廻りだから変装は自由である。そのときは水谷の幼馴染《おさななじ》みだとふれこんで、よれた浪人に扮した。千枝は疑《うたぐ》りもせず、家に入れてくれ、それなりにもてなしてくれた。だが、千枝は、水谷が老夫婦を殺して金を盗んだことを、一切知らない様子だった。

左門は日を置かず千枝を訪ねては、水谷から連絡があったかどうかをたしかめると同時に、千枝の顔色も探った。嘘はすぐに見抜けるはずだった。

だが、見抜けなかった。

ある夜、左門は千枝に酒肴を供された。千枝はいける口で話もおもしろかった。左門は不審がられない接し方をし、正体もうまく誤魔化していた。

――このところ、淋しくてねえ。

千枝が潤んだ目を向けてきたのは、二人で六合ばかり呑んだころだった。

――水谷の帰りが遅いからだろう。可哀相に、こんないい女を放っておくやつの気がしれぬ。

――きっと捨てられたんだわ。

――そんなことはないだろう。あんたには、こんな家をあてがわれてもいるんだ。

千枝の住まいは長屋ではなく、小さいながらも一軒家だった。

——でも、いつ帰ってくるかわからない。ねえ、松川さん……。

千枝が手をのばしてきて、左門の手にそれを重ねた。

「あのときは酒の酔いも手伝っていた」

左門は途中まで話して、ぐい呑みの酒をあおった。

「千枝が崩れるようにわしの胸に飛び込んできたんだ。それから先はもうわしも男だ。罪人の女だとわかっていたが、自分を止めることはできなかった。だが、それが罠だった」

「罠……」

「そうだ、千枝を抱いたあとでわしは寝入ってしまった。まったくの不覚だった。そこへ水谷が乗り込んできたんだ。わしはとっさに応戦しようとしたが、千枝がわしの刀を隠していた。なんとか白刃をかいくぐって命拾いをしたが、背中に深い傷を負っていた。それだけならよかったのだが、水谷は千枝を斬り殺していた。そして、水谷はいずこと知れぬところへ逃げた」

「………」

「深傷《ふかで》を負ったわしは、千枝の家のそばで気を失っておってな。それで町の者に見つけられて助かったのだが……。まったくの不始末だった。腹を切って死のうかと思ったが、女房のことを考えて思いとどまった。しかし、御番所は去るしかなかった」

「そういうことでしたか……」

「だが、捨てる神……いやいや、そうなったのはわしのせいなのだが、拾う神が現れた。それが関東代官の山口さまだった。遠縁という間柄もあるのだが、手付にしてもらった。そして、八州廻りのお役目をいただいたという按配だ。簡単にいや、そういうことだ」

左門はばつが悪そうな顔で、酒をなめた。

山口というのは、左門が仕えている江戸在府の関東代官の一人、山口鉄五郎のことである。

「見下げた男だろう」

「いえ、誰しも過《あやま》ちはあります」

「そういってもらえるとありがたいが、まあわしはそんな男だ」

「卑下することはありません。松川さんはいまのお役目をちゃんと果たしておられる。昔のことを蒸し返すことはないでしょう」

「おぬし……すまん」

左門は柄にもなく目を潤ませて、頭を下げた。

「やめてください。いまのことは、わたしの胸にたたんでおきます」

「すまぬ。……それで、おぬしの廻村だがいつからだ？」

「明後日には発とうかと……」

「ならば、わしも付き合う。その前にもう少し安兵衛の周辺を探っておきたい」

「では、お手伝いしましょう」

「春斎、これでわしはおぬしに頭があがらなくなった」

「なにをおっしゃいます。これまでどおりでいいではありませんか。そうしなければまわりが変に思いますよ。さあ」

春斎はやわらかな笑みを浮かべて、左門に酌をした。

「おぬしに会えて……よかった……」

左門はぐすっと洟《はなみず》をすすって、目のあたりをこすった。

下駄面に似合わず、情に脆《もろ》い男なのだ。

五

客足がにぶり、すっかり表が闇に包まれてもお菊《きく》は店を開けていた。早く店仕舞いをしてもやることがないから、根気よく商売をつづけているふりをしているのだ。

それでももう夕餉《ゆうげ》の時分である。さきほどから空腹を覚えていた。普段なら夕餉の支度をする母親を手伝うのだが、両親は江戸の親戚の家に行くといって、娘のお菊に店をまかせていた。

お菊はぬるくなった茶で、唇を湿らせると、表に出てみた。

店は北品川二丁目にあり、表の東海道から少し路地に入ったところだった。それでも、昼間は煎餅《せんべい》を焼く香ばしい匂いに誘われて旅人たちがやってくる。『お多福《たふく》』という名の小さな店だが、それなりに繁盛していた。それにお菊は看板娘にもなっていた。

「北品川にいい女のいる煎餅屋がある。ちょいと顔を拝みに行こうじゃないか」

品川の岡場所にやってきたついでに、そんなことをいって立ち寄る者もいる。愛嬌があるので、近所でも評判の娘だった。

お菊は暖簾《のれん》をさげに表に出たのだが、さっき近所で怒鳴るような声がしていたのも気になっていた。

(喧嘩……)

そう思ったが、声はすぐにやんでいたので、誰かが子供でも叱ったのだろうくらいに思っていた。近所には気の短い職人たちが多いので、別にめずらしいことではなかった。

爪先立って暖簾を下ろそうとしたとき、お菊はふと天水桶《てんすいおけ》の陰に目をやり、ヒッと息を呑んだ。その拍子に暖簾が足許に落ちて、カランと乾いた音を立てた。

「しっ」

天水桶の暗がりにうずくまっていた男が、口の前に指を立てた。

お菊は目をまるくして、すぐには声を出せなかったが、どうにか生つばを呑み込んで、

「そ、そんなところでなにをしているんです?」

と、いった。

「追われているんだ。悪いやつに因縁をつけられ……殺されるかもしれない」

男は若かった。暗がりでも顔色が悪く、怯《おび》えていることがわかった。

お菊は通りの左右に目をやり、

「中に入って……」

と、男をうながした。

「迷惑になるんじゃ……」

「なにをいってるの。殺されるかもしれないという人を放ってはおけないでしょう。さあ、早く」

お菊は周囲に注意の目を向けて店の中に男を入れると、しっかりと心張り棒をかけた。

「いったいどうしたんです？」

「この先の道で肩をぶつけてしまったんだ。それが人相の悪い侍で、いきなり怒鳴ったと思うと、刀を抜いたんだ」

お菊はさきほどの怒鳴り声はその侍だったのかと思った。

「とにかく様子を見ましょう。その侍が来たら裏から逃げるといいわ」

「すまない」

男はそういって店の中をめずらしそうに眺めた。

戸口を入った一畳ほどの場所が煎餅を売る一画だった。そのそばに煎餅を焼く火鉢があるだけで、あとは住居となっている。奥に台所と居間があり、六畳の部屋がふたつだった。

「この店はあんたが一人で……」

男は感心したように目をしばたたいた。

「ううん、おとっつぁんとおっかさんは江戸に遊びに行っているの。それで、明《あ》後日《さって》までわたしが一人で店をやっているのよ。一人といっても昼間は通いの子が手伝いに来るけど……」

お菊はいったあとで、余計なことをしゃべってしまったのではないかと思った。でも、男は真面目そうだし、悪い人間には見えなかった。

「旅の人？」

男は振り分け荷物を持っていたし、脚絆《きゃはん》に草鞋《わらじ》履《ば》きだった。

「ああ、田舎に帰る途中なんだ」

「そうなの。わたしは菊よ。あなたは？」

「新七」

「田舎に帰るといったけど、江戸に遊びにでもきたの？」

「いや、神田の呉服屋に奉公しているんだ。年季が明けたので暇をもらって、それで田舎に帰る途中なんだけど、妙なことになっちまった」

新七は表に足音がしたので、びくっと肩を動かして戸口に目を向けた。

二人はそのまましばらく息を呑んで様子を見たが、足音は遠ざかり、酔った男たちの声が聞こえてきただけだった。

「心配いらないわ。からまれただけでしょう」

お菊はほっと胸をなで下ろす思いで新七を見て、頬にえくぼを作った。

「だと、いいんだけど……」

「とにかくしばらくここにいたほうがいいわ。お茶を淹《い》れてあげる」

お菊はつとめて明るくいって台所に立った。

年は自分より上だとわかるが、新七は心底怯えている様子である。お菊は守ってあげたいという姉のような気持ちになっていた。

「申しわけない」

新七は差しだされた茶を遠慮深そうに受け取って、湯呑みに口をつけた。そのことで少しは落ち着いたようだ。

「田舎に帰るといったけど、どこなの？」

「平塚。……おっかさんが長患《ながわずら》いで寝込んでいるから、帰らないわけにはいかないんだ」

「大変ね。ご兄弟は？」

「妹が一人……」

とつとつとだが、そんなやり取りをしているうちに、新七のことが大まかにわかってきた。それでも新七は沈んだ暗い顔をしている。

よほどからまれたことが気になっているのかもしれない。それとも他になにか理由があるのかもしれないが……。

「肩がぶつかっただけで、刀を抜く侍なんてひどいわ。ちゃんと謝ったんでしょう」

「ああ……」

「変な侍が多くなっているから気をつけないと。……でも新七さん、今夜の宿は？」

「まだ、決めていないんだ。どこにしようか迷っているときに、侍にからまれちまって」

「そう、それじゃ困ったわね」

「茶を飲んだら失礼するよ」

「もう少し様子を見たほうがいいわ。執念深い侍だったら危ないじゃない。万が一ということもあるし……」

そういう菊は、この家に新七を泊めてもいいという気持ちになっていた。

「それじゃ、迷惑になるんでは……」

お菊は臆病そうな新七を見た。きれいな目をしていた。よく見れば、色白で目鼻立ちも整っている。

「迷惑だなんて……そんなことより、新七さんの身が大事じゃない。遠慮はいらないわ」

「それじゃ、もう少し……」

新七はもじもじしながらつぶやいて、茶に口をつけた。

六

春斎が馬喰町の御用屋敷に入ったのは、まだ朝の早い時刻であった。

屋敷の瓦屋根の向こうには抜けるような青空が広がっていた。庭にある百日紅《さるすべり》は赤い花を開いている。夜露を含んだ朝顔は、明るい日の光にほころんでいた。

春斎は玄関に入ると、式台に控えていた取次の者に、

「お代官にお会いしたい」

と、告げた。

取次は心得ており、廊下の奥に消えるとすぐに引き返してきた。御用部屋で待つようにとのことだった。

そこは書院の隣で、開け放された縁側の向こうに手入れの行き届いた庭が眺められた。朝の涼風が心地よかった。

春斎がこれから会うのは関東取締役掛、いわゆる八州廻りと呼ばれる男たちを束ねる関東代官の一人・榊原小兵衛であった。

待つほどもなくその小兵衛が現れた。五十半ばの男だが、衣擦れの音をさせてやってくる姿はふた回りは若く見えるし、肌つやも血色もよい。

「ご苦労であるな。出立《しゅったつ》の用意は整ったか？」

「はは、明日には江戸を発《た》つつもりです」

「うむ。では、予定どおり相模廻村を申しつける」

「しかと承りました」

春斎は丁重に頭をさげた。

八州廻りの取締り地域は、相模《さがみ》・武蔵《むさし》・安房《あわ》・上総《かずさ》・下総《しもうさ》・常陸《ひたち》・上野《こうずけ》・下野《しもつけ》の八ヵ国に広がる天領、旗本の知行地、寺社領、大名領（水戸藩を除く）である。それらの地域を巡回し、凶悪な犯罪を取締まる。これを廻村といっていた。

「それにしても下野から帰って間もないが、労をかける」

「はは」

「急に呼びだしたのはほかでもない。目に余る街道荒らしがいるという知らせを受けておる。その正体はわからぬが、毒蜘蛛《どくぐも》と呼ばれているらしい。保土ヶ谷《ほどがや》から小田原あたりにかけて、神出鬼没だという。そやつらは殺しもやれば、盗みもはたらく。泣かされている者は少なくない。徹底して探索し、厳しく処断したい。江戸まで引っ立てることができれば、ありがたい」

「その詳しいことは……」

春斎は脇息《きようそく》にもたれ、扇子を取りだした小兵衛を見つめた。

「それがよくわからぬのだ。被害頻出《ひんしゆつ》というだけで……。手掛かりは彼《か》の地に行ってつかんでもらうしかない」

「人数もその出自もわからぬということでございますか……」

「残念ながら。わしの手許にきたのは迷惑甚《はなは》だしいという苦情だけだ」

関東取締出役への命令は、公事方《くじかた》勘定奉行から留役、関東代官、取締出役という順で下達《かたつ》される。

小兵衛のいう街道荒らしの苦情は、大方、在所《ざいしょ》から公事方に訴えられたのだろう。そう推察するしかない。

春斎は一から調べるしかないと腹をくくり、表情を引き締めた。

「ところで春斎、おぬしのはたらきには日頃より敬服しておるが、そろそろ身を固めたらどうじゃ。その気があるなら世話をしてもよいぞ」

小兵衛は急に砕けた口調になって、目尻にしわを寄せた。こういうときは好々爺《こうこうや》の面体《めんてい》になる。人の心にするりと入り込める人柄なのだ。

「いや、いまはそのようなことは……」

春斎はやんわり断るが、小兵衛にはよほど世話をしたい女がいるらしく、しばらくそのことを話した。春斎はほとんど聞き流していた。

それと察したのか、小兵衛は急に眉尻を下げて、

「なんだ、なんだ、これでは暖簾に腕押し、糠《ぬか》に釘ではないか。どうやらおぬしにはその気はないようだな。すると、これと決めた女でもおるのか？」

と、興味津々《きょうみしんしん》の目を向けてきた。

「いえ、そのような者は……」

「もったいないのう。おぬしほどの男ぶりのよい者は、めったにおらぬというのに……。まあ、それもいまのうちだろう」

小兵衛はあきらめ口調になってから短い世間話をした。

昨年（文化八年）より相模・上総・安房に造営されていた砲台がようやく完成したとか、この春、豊後《ぶんご》で起きた一揆が諸国に広がっているとか、近く浪人を取り締まるお触れが出るとかであった。

小兵衛は見聞の広い知識人であるから、春斎はこういった話に耳を傾けはするが、頭の大半はさっき申しつけられた命令と、左門に相談されたことに思いがめぐっていた。

ほどなくして御用部屋を辞した春斎は、そのまま屋敷内にある左門の長屋を訪ねた。

「待っておったぞ。おぬしの出立は明日だ。今日のうちに調べられることを調べておかねばならぬ」

左門は春斎を待っていたらしく、すぐに立ちあがった。

二人がまず向かったのは、被害にあった神田佐久間町の伊東屋であった。すでに葬儀一切は終わっており、店は普段と変わらず営業していたが、奉公人の数は少ない。

店を切り盛りしているのは主の安兵衛の跡取り、市兵衛《いちべえ》である。しかし、まだ二十歳とあってほとんどの指図は、奥の寝間で養生している安兵衛から出されているようだ。

その安兵衛は背中の刀傷も大分よくなっているらしく、見た目は健康そのものだ。

「訊ねるが、おまえさんは和泉橋で襲われているが、どこぞへ行くところだったのか、それともどこぞからの帰りだったのか？」

聞いたのは左門である。春斎はこの辺の訊問はまかせることにしている。

「それも町方の旦那さんたちに話していますが、近所の料理屋で酒を呑んで、松下町の女の家に行くところだったんです」

ようするに囲っている女の家に行ったということだが、安兵衛は恥ずかしげもなくいう。もっとも商家の主が妾を持つのは、それだけ甲斐性があると思われていた時代である。

「女の名は？」

「お杵《きね》といいます」

「襲われる前に呑んでいた店は？」

「この店の裏通りにある桜屋《さくらや》という小料理屋です。それも町方の旦那にお話してありますし、お調べはついていると思うんですが……」

「まあ、念のためだ。それで新七のことだが、おまえさんはここ半年ほどつらくあたっていたそうだな」

　左門は安兵衛から視線をそらさずに聞く。

　そばに控えている春斎も、安兵衛の目の動きや表情の変化を観察していた。

「それは……まあ……」

「まあ、なんだ？」

「へえ、まさかとは思ったんですが、新七があろうことか女房とよい仲になっているると小耳に挟《はさ》んだからです。じつのところはわかりませんが、女房にも疑われるようなことがありました。まあ、そんなことがあったので、ちょいときつい言葉をかけることはありましたが、それほどひどいことはいたしておりません。約束どおり、年季明けの休みもやっておりますし……」

「新七に憎まれるようなことはしていない。そういうことだな」

「憎まれるだなんて、滅相《めっそう》もございません」

安兵衛は鼻の前で手を振っていう。

「心あたりはないんだな」

「ございません」

「では、おまえを恨んでいるような人間はどうだ？」

「それも……町方のお調べでお話してありますが……」

このときだけ安兵衛は言葉に詰まった。

「なんだ？」

「ひょっとすると、と思うことがあるんです」

それは、安兵衛の先代が生きているころのことで、性悪な女に引っかかり、困った挙げ句、町奉行所に訴えて、捕まえてもらったという。

「何しろ尻の毛まで毟《むし》ろうかという強突張《ごうつくば》りで、さんざん金を巻きあげられたんでございます。可愛い顔をして怖い女でしたよ」

「それでその女はどうした？」

「ゆすりの咎《とが》で牢送りになりましたが、笞打《むちう》ちの刑を受けて放免されたとか……」

「それきり会ってはいないというわけか。名は？」

「お里《さと》といいまして、わたしが知り合ったころは浅草の水茶屋ではたらいておりました」

春斎はこの話が気になった。左門も気になったらしく目を合わせてきた。

「他に引っかかりのあるようなことはないか？」

「さあ、それは……。ですが旦那、またあの賊がやってくるんじゃないかと気が気でないんです。早く捕まえてもらえませんか。そうしてもらわないと、夜もろくに眠れないんです」

「気持ちはわかる。だが、町方の見張りがつけられているんだ」

左門がいうように、町方の手先がひそかに店の近くに送り込まれて、見張りをしていた。

「賊を押さえるには、おまえさんの力添えもなきゃいかん。安心して暮らしたいと思うなら、気になることを隠しておくとためにならぬ」

「隠しごとなど何もありません。もう、裸になった気分でお話ししているんですから……」

左門はその後もいくつかの問いかけをしたが、とくに気に留めるようなことは聞けなかった。

七

「今日は少し早めに店仕舞いしようかしら」

お菊は暮れゆく空を眺めながらつぶやくようにいった。

昼過ぎから客足が途絶えていた。お菊は幼いころから店に出ているので、こんな日があることも承知していた。

「あれあれ、お菊ちゃん。ほんとうはそうじゃなくて……ふふっ……」

手伝いに来ているおゆきが、首をすくめて奥の間に意味深な目を向けた。

「やだ、誤解しないでよ。あの人は困っているからいるだけよ。まさか、馬鹿いわないで……」

おゆきのからかいにムキになるお菊の頰が赤らんでいた。

「でも、よくよく見るといい男じゃない。お菊ちゃんにお似合いという感じよ」

「まったくなにいってんのよ。そんなんじゃないわよ」

「どうかな……へへへ……」

おゆきはあくまでも二人の仲をあやしんでいるふうだった。片づけをはじめたが、妊娠五ヵ月の身重な体は、いつになく鈍重そうに見えた。

おゆきは近所に住まう指物師《さしものし》の女房で、ときに夫婦の房事をはじらいもなく語るあけっぴろげな女だった。だから、お菊は気になって注意を与えた。

「おゆきさん、変なこといい触らさないでよ。新七さんにはちゃんと将来を誓い合った人がいるんですから、変な噂を立てられたら新七さんにも迷惑だわ」

「あら、そうだったの。だったら早く平塚に帰ればいいのにね」

「その人は神田にいるのよ。鰻屋の娘さんでお美代さんというらしいわ」

「へえ……」

「それにね。わたしだって……困るじゃない」

「それそれ、平次《へいじ》さんがこのこと知ったら、かんかんに怒るわよ。ま、わたしは黙っているけど……」

「怒るかしら……」

「お菊ちゃんが想っているように、平次さんが想っているなら怒るに決まっているでしょう。怒らなきゃ、お菊ちゃんに気がないってことね」

お菊は急に不安になった。

近所に平次という大工がいる。片想いだが、気安く話し合う仲だし、縁日があれば決まって誘ってくれる男だった。

だから当然、お菊は平次も自分に気があるものだと思っていた。

「まったく意地悪なんだから」

「大丈夫よ。ないしょにしておくから。それじゃ片づけが終わったら、わたしは先に帰らせてもらうわ。それでいい？」

「いいわよ。うるさいおとっつぁんがいないことだし、こんなときはのんびりしたほうが体のためだしね」

「お菊ちゃんも大人になったわね。いいことといってくれる」

おゆきは嬉しそうに微笑んだ。

二十二歳だが、小柄なので見た目はお菊と変わらなかった。

お菊はおゆきが帰っていくと、暖簾を下ろして早々に店仕舞いをした。

「なんだか申しわけない。わたしがいるから遠慮して閉めたんじゃ……」

奥の間に身を隠すようにしていた新七が、居間にやってきていった。

「そうじゃないわ。おゆきさんは身重だし、うちは親も留守にしているから、こんなときは少しは羽根をのばしたいの」

「でも、わたしがいるからお荷物になってるんじゃ……」

「気にしない気にしない。わたしは平気よ。それに新七さんのことを知っているのはおゆきさんだけだし」

「明日の朝早く発つことにする。とんだ迷惑をかけてすまない。この礼は必ずするから……」

「そんなこと気にしなくていいの。でも、もう大丈夫よ。新七さんにからんだようなお侍は見かけなかったから」

「……途中にいやしないだろうか。それが心配なんだ」

「そんなに気の小さいことといってちゃ田舎まで帰れないわよ。いざとなったら走って逃げればいいのよ。それに三度笠でも被って顔を隠せばいいじゃない」

「そうするつもりだ」

「少し早いけど、夕餉の支度《したく》をするわ。買い物に行ってくるから、竈《かまど》に火を入れておいてくれるかしら」

「お安いご用だ」

その夜、お菊は新七のために鯛の刺身と煮つけ、茗荷《みようが》の酢漬け、蜆《しじみ》のみそ汁を作った。なんだかちょっとした女房気取りで、悪くないと思った。

新七は昨夜の侍に怯えていたが、時間がたつうちにその恐怖も薄れているようだった。

「それにしても新七さんって、怖がりね」

「そんなこといわないでおくれ、抜き身の刀を突きつけられて怖がらない者はいないよ。殺されると思ったんだから」

父親の買い置きの酒を出すと、新七はうまそうに呑み、少しだけ口が軽くなり、奉公先のことや、苦労してきた母親のことを話した。

「それにしても羨ましいよ。お菊さんには生まれたときから、お店があるんだものな。奉公なんてすることないし、いずれこの店はお菊さんのものになるんだろ」

「そうなるかもしれないけど、お婿さんが店を継いでくれるかどうかはわからないわ」

「継いでくれなくても、お菊さんがつづければいいんだよ。夫婦共稼ぎは悪いことじゃないし、それだけ金も溜まるだろう」

「そうね……」

応じたお菊はすぐに、思いを寄せている平次の顔を脳裏に浮かべたが、目の前にいる新七にも思いがけなく好意を抱いている自分に気づいていた。

ときどき見つめるような目を向けてくる新七にどきりとするし、行儀正しさに感心してもいた。大工の平次はがらっぱちで、口が悪く、喧嘩っ早くて大酒呑みである。両親もあの男は女房を泣かせる亭主になるといっている。

(ひょっとしたら、わたしにはこんな人がお似合いなのかも……)

お菊は盃を口に運ぶ新七を窺うように見た。

その夜は、翌朝早く発つという新七のために、宵五つ(午後八時)の鐘を聞くと、床を延べてやった。

お菊も明日は両親が帰ってくる予定なので、家の掃除や片づけをしておかなければならない。それに、新七の出立前に道中で食べる弁当を作ってやろうと思っていた。

しかし、床についてもなかなか寝つけなかった。昨夜はなんとも思わなかったが、すぐ隣の部屋に新七が寝ていると思うと、我知らず胸が波立った。

(まさか……そんな……)

お菊はそっと自分の胸に手をあて、否定するように首を振った。

家の中は静まりかえっている。どこか遠くから人の声が聞こえてきて、犬の遠吠えがしていた。ときどき、枕許の行灯がジジッと音を立てた。

お菊は早く寝ようと思って寝返りを打った。そのとき、戸口をたたく音が聞こえた。

お菊はぱっと目を開けて、仰向けになった。やはり、戸口がたたかれている。

夜具を払って、半身を起こして寝間着をかき合わせた。

「もし……もし……お留守ですか？」

そんな声がした。

お菊は首をひねった。ひそめられた声に覚えはなかった。しかし、近所の人かもしれない。

「どちらの方？」

戸口の前に行って声を返すと、

「あー、よかった。ちょいと開けてもらえませんか、大事な言伝《ことづて》を預かっているんです」

と、相手は切迫しているようなことをいう。

お菊は、ひょっとして両親からかもしれないと思った。

「言伝ってなんでしょう？」

「それが困ったことになっているんです」

お菊はますます気になって、ちょっと待ってくださいといって心張り棒を外した。

そのとたんだった。

お菊が戸に手をかけるまでもなく、相手が勢いよく入ってきたのだ。声を出す暇もなく、大きな手で口を塞がれ、そのまま上がり口に突き倒された。

お菊は必死に抗《あらが》ったが、相手の膂力《りょりょく》は並みではなかった。

「おとなしくしろ。暴れたりしたらただじゃおかねえ」

耳許で男のかすれ声がした。

第二章　煎餅屋の娘

一

新七は戸口の声と、お菊が寝間から戸口に向かう足音を、夜具の中でじっと聞いていた。息を止め、体を硬直させていた。

そうやって耳をすましていると、突然、荒々しく戸の開く音がして、物の倒れる音がした。びくっと半身を起こして寝間を飛びだすと、黒い影がお菊を押さえつけているのが目に入った。

「あっ……」

小さな驚きの声を漏らしたとき、もうひとつの影が、棒立ちになっている新七に向かってきた。逃げなければならないと思ったが、体が動かなかった。

気づいたときには鳩尾《みずおち》に強い衝撃を受け、さらに顎を強く蹴られて後ろ向きに倒れた。

ごん。

頭を柱に打ちつけていた。意識が朦朧《もうろう》となり、それ以上体を動かすことができなかった。なにがなんだかわからなくなり、暗い深淵に落ちていく感覚があった。

しかし、すっかり気を失ったわけではなかった。ほどなくして――それが、いかほどの時間であったかはわからないが――うっすらと目が覚めた。しかしながら頭はくらくらしており、目は暗い闇の中を彷徨《さまよ》うだけであった。

「や、やめ……うっ……」

苦しくもがくようなうめき声がしたが、それはすぐに聞こえなくなった。

新七はしっかりしなければならないと思い、目をしばたたいたが、やはり頭はぼうっとしたままだった。

ただ、暗い闇の中で動いているものがぼんやりとだが見えた。それは有明行灯《ありあけあんどん》の弱々しい明かりに照らされていた。

宙に白い女の脚《あし》がのびていた。それに男が食らいついている。ほの白い尻も見える。女の尻と、男の尻が合わさっているようだった。

肉同士のぶつかる音……。荒い呼吸……。衣擦れの音……。

髪を振り乱した女の頭が左右に動いている。

二人の男がその女にからみつくようにしている。

(お菊さんが、襲われている)

新七は朦朧とする頭でそのことがわかった。同時に恐怖に襲われた。しかしながら、うまく体を動かすことができない。

助けなければ、逃げなければならないと思うが、芋虫のように転がっているだけだった。

お菊は素っ裸にされているようだった。男に陵辱されるお菊の白い肢体が、闇の中に立ちあがった。いや、そうではなく男たちに立たされたのだ。

一人がお菊の前でひざまずいている。もう一人がお菊の背中から抱きついている。

お菊は身悶えしながら逃げようとしているようだ。お菊のこんもりした乳房が揉みしだかれているようだった。

(やめろ! やめるんだ!)

勇を鼓して新七は叫んだが、それは心のなかの叫びでしかなかった。

やがて、男の影が近づいてきた。くらくらする頭で逃げなければならないと思うが、同時に恐怖心も薄れていた。新七はしっかり目を開けようとしたが、そのとき体に激烈な痛みが走った。

「お菊ちゃん、おはよう」

おゆきは腰高障子を引き開けると、いつものように元気な声をかけた。普段ならすぐにお菊の返事があるのだが、ない。

（表かしら……）

おゆきは一度戸口を出て、通りを眺めたが、まぶしい朝の光があるだけだった。

もう一度店の中に入って、

「お菊ちゃん、いないの……」

と、声をかけながら土間を進んだ。台所と勝手口を隔てる目隠し用の長暖簾をかきわけて、はっと息を呑んだ。

信じられないように目を見開いたまま、頭の中が真っ白になった。

お菊が寝間着を無造作に掛けられたまま、虚空を見つめて死んでいたのだ。太股があらわになっており、股間から流れ出た血が畳を黒く染めていた。

片方の乳房がこぼれるようにさらされていて、なにかに驚いたような顔は蒼白だった。

「お菊ちゃん、お菊ちゃん……」

下駄を蹴るようにして脱ぎ捨て、座敷にあがり込んだおゆきは、すでに息絶えているとわかっていても、お菊を揺さぶらずにはおられなかった。

「どうしたのよ。お菊ちゃん、ねえ、お菊ちゃん、起きて、起きて。死んじゃだめ……」

いくら呼びかけても、お菊はぐったりしているだけだった。

「ど、どうして、こ、こんなことに……」

おゆきは声をふるわせて、家の中を見まわした。

新七の姿がない。

(まさか、あの男が……)

おゆきはそう思うと、急に恐怖に襲われた。用心するようにゆっくり後ずさり、さっと身をひるがえして、裸足で店を飛びだした。

「ひっ、ひっ、ひ、人殺し！　人殺し！」

おゆきは叫びながら自身番に駆けた。

二

「もうすぐ大木戸だ、少し休んでいくか」

隣を歩く左門が声をかけてきたが、春斎は心ここにあらずという顔であった。

「おい春斎、さっきからなんだ。だんまりと歩いて、返事をしねえか」

「松川さん、お杵が企んだことだとは考えられませんか」

春斎は左門を見た。その肩越しに、光にきらめく江戸湾が広がっていた。水平線のあたりに、帆を張った漁師舟が小さな粒となっていくつも浮かんでいる。

浜辺では海猫たちが、かまびすしい鳴き声をあげながら飛び交っていた。

そこは伊皿子坂《いさらごさか》への上り口で、二町と行かないところに大木戸が見えていた。

旅人姿の通行人が目立つが、背負子《しょいこ》を背負った行商の者や浜からあがってきた漁師の姿も見られた。

「おぬしの考えるようなことは、ひととおり考えているさ。お杵は安兵衛の妾だ。だが、本妻の地位をほしがっていた。それには本妻のお仙が邪魔になる。それでお仙を殺すために他の奉公人もろとも殺した」

「…………」

「だが、それではすぐにアシがつくから、安兵衛を襲った。と、まあそんなところだろう。あるいは、安兵衛とお杵が仕組んだことだったと……」

春斎としては浅はかな推量を、ものの見事に突かれては、ぐうの音も出ない。

「仮に安兵衛とお杵が仕組んだことなら、それは大芝居だ。だが、安兵衛がいくら女房のお仙を邪魔だと思っても、子供まで殺すような人間とは思えねえ。それに、あの男が深傷《ふかで》を負うほど斬りつけられる芝居を打つとも思えない。もっとも、かすり傷を負うつもりだったが、仲間の手許が狂ったという考えもできるだろうが……まあ、ちょいと考えにくいことだ」

「いかさま……」

左門は元町奉行所同心である。この辺のことには、一日以上の長がある。

「もっともお杵が勝手に仕組んだという考え方もできるが、それには人を雇わなきゃならない。そんな金がお杵にあるとは思えねえし、実際に金はなかった。そうだろう」

「まあ……」

春斎は昨日会ったお杵のことを思い出した。

見映えのいい女ではないが、おっとりとしたものいいや仕草、それに人に対する気の遣い方からして、人を殺《あや》めるような人間にはとても見えなかった。

むしろ、性質の良さは相手に好印象を与えるほどだ。細々と手習いの師匠をやっているが、習いに来る子供たちへのやさしい応対も微笑ましかった。

「やはり、お杵だと考えるのは難しいようですね」

「そうはいうが、ほんとうのところはわからぬさ。虫も殺せぬような顔をしていながら、裏で悪さをしている女もいる。だが、その辺のところは、町方の人間がそつなく調べるはずだ。おう、そこで一休みしよう」

左門はそういって、一軒の茶店にさっさと歩いていった。

大木戸が近いせいか、街道沿いに茶店が軒をつらねている。土産物屋や小さな小間物屋、履物屋もある。

大木戸前の高札場《こうさつば》の前に人がたかっているが、ほとんどの者は眺めただけで、その場を離れていった。東海道を上る身内や知り合いを見送る者たちもいる。

日射しを避け、茶店の中に入った二人は、扇子で胸元に風を送り込んだ。日に日に暑さが増しており、海の向こうには大きな入道雲が湧いていた。ときどき潮風が吹き流れてきて、店に立てかけてある葦簀《よしず》を揺らした。

春斎は茶を飲みながら新七の人相書きを眺めた。伊東屋の奉公人仲間から聞いたかぎり、新七は悪人ではない。むしろ、人のよい男だという声が多かった。平塚にいる母親を心配し、面倒を見ている妹のことを気にかけていたという。

また、春斎と左門は、新七と恋仲だという美代という鰻屋の娘にも会っていた。

——あの晩はもう江戸を離れていたはずです。

伊東屋で事件のあった日のことを訊ねると、美代は猫のように澄んだ目をして答えた。

——それじゃ、おまえさんに挨拶に来たので、おまえさんは新七を筋違御門《すじかいごもん》まで見送ったんだな。

左門がたしかめるように問いかけると、

——はい、お昼をいっしょに食べて、そのまま日本橋のほうに歩み去るのを、わたしは見えなくなるまで見送っていました。

そういう美代は、とくに新七に変わったところはなかったと話した。

「それにしても賊の狙いはなんだったんでしょう？」

春斎は茶に口をつけてから左門に顔を向けた。

「そうさなァ。それがよくわからぬところだ」

左門は頑丈そうな顎をさすってつづけた。

「金目当てなら金蔵などを破るはずだ。ところが金蔵は無事だった。盗られた金はありはしたが、五十両ばかりだったし……。おれの推量では、恨みとしか思えないんだが、賊の足跡もなければ、賊の者らしい落とし物もない。生き残った者がいないから、幾人で押し入ったのか、それもわからねえ」

「誰への恨みだと思います？」

「安兵衛かもしれねえし、倅《せがれ》の市兵衛かもしれねえ……」

「市兵衛……」

春斎は意外に思った。

「念のために跡取りの市兵衛のことを探ってみたんだ。親が金持ちだから、市兵衛は脛《すね》をかじっては悪所通いをさんざんやらかしていたようだ。本所界隈《かいわい》の破落戸《ごろつき》とつるんでいたこともあったという。そのおり、女の取り合いで喧嘩沙汰も起こしている」

「あの市兵衛が……」

春斎はまだ若い市兵衛の顔を脳裏に浮かべた。

たしかに一癖ありそうな顔をしていた。愛想はいいが、どこか醒めた目をしていたし、言葉つきにも人を見下したようなところがあった。

しかし、例の夜、市兵衛は新妻の両親宅にいて、店にはいなかった。

「人はわからぬさ。だが、そっちのことはおれたちの調べることじゃない。わしらは新七を見つけて、詳しく話を聞けばいいだけのことだ」

左門はいったあとで、短いため息をついた。

せっかくの休養をふいにしているからであろう。しかしながら、昔世話になった隠密廻りの上役からの相談は断れない。左門は自分に落ち度があった手前、先輩同心らに負い目を感じているのだ。そうでなければ、面倒な人探しなどやらないはずだ。

「おぬしには世話をかけるが、まあ付き合ってくれ」

左門は茶を飲んで先に立ちあがった。春斎もあとにつづく。

二人は手甲脚絆に草鞋履き、野袴《のばかま》、地味な色の着流しに打裂羽織《ぶっさきばおり》、それに編笠という出で立ちである。振り分け荷物を肩にかけているが、それも小さなものだった。

本来、八州廻りが廻村に出る際には、身のまわりの世話をする足軽や小者を連れてゆくのが普通だ。

春斎はめんどうなので一人旅が多いが、左門は常に足軽二人と小者一人をつける。しかし、今回は本来の役目ではないから、供はなしであった。

「お代官からのご命令は気になるところだな」

大木戸を抜けたところで、左門が顔を向けてきた。春斎は五尺八寸（一七六センチ）の偉丈夫《いじょうふ》だから、左門は見あげる恰好になる。

「たしかに……」

短く応じた春斎だが、今回の一番の仕事は、毒蜘蛛と呼ばれているらしい凶悪な盗賊の捕縛である。

八州廻りには斬り捨て勝手の特権が与えられているので、場合によってはその場で手討ちもやむを得ないかもしれない。

二人は夏の光に輝く海を眺めながら足を進めた。

新七の実家のある平塚まで、日本橋から約十六里だが、品川からだと十四里の距離だ。

春斎は無理をせず、神奈川か保土ヶ谷で一泊するつもりだった。

八ツ山を過ぎ、青葉の茂った御殿山を眺めながら品川宿に入った。そのまま通り抜けるつもりだったが、北品川宿の自身番前が騒々しい。

「なにかあったのか？」

好奇心旺盛な左門が、たかっていた野次馬の一人に声をかけると、

「殺しがあったんです」

という。

春斎と左門は思わず顔を見合わせた。

三

「どういうことだ？」

左門が野次馬の一人である職人ふうの男に訊ねたとき、

「どいてください、どいてください」

といって、自身番から飛びだしてきた若い男がいた。詰めている番人だった。

「ちゃんと伝えるんだぞ」

自身番の中から声があった。

「へえ、すっ飛んで行ってきます」

若い番人は、腕まくりすると、すたすたと駆け去っていった。それをしおに野次馬たちは三々五々散りはじめ、それぞれの方角に歩き去った。

春斎と左門は野次馬たちが口にしていた言葉をいくつか拾って、殺されたのが

『お多福』という煎餅屋の娘だということを知った。

「下手人は若いお店者らしいな」

左門が自身番を離れながらいう。

「そんなことをいっていましたね。下手人がわかっていれば、遅かれ早かれ捕えられるでしょう」

「ふむ……そうだな」

左門は顎をさすって考える目つきをしている。

「関《かか》わっている暇はありませんよ。先を急ぎましょう」

「待て、その煎餅屋だけでも覗いていこう。気になるではないか」

「それは、まあ……」

春斎は口をつぐんだ。左門は元町方である。こういったことには、じっとしておられないのだ。通り沿いにある店で、お多福の場所を聞くとすぐにわかった。

表通りから脇道に入ったところにある小さな店だった。当然、店の戸は閉められていた。隣の海苔屋《のりや》が、めずらしそうに春斎と左門を見て、すぐに目をそらした。

「ごめん」

左門が腰高障子を引き開けると、土間先の座敷に座っていた者たちが顔を向けてきた。いるのは夫婦者と若い女の三人だ。

「わしは松川左門という。八州廻りだ」

左門が名乗ると、座敷の者たちが目を瞠った。その座敷には床が延べられており、亡骸《なきがら》が寝かされていた。

「番屋でこの店の娘のことを聞いてな。気の毒であった」

座敷にいる者たちは、神妙な顔で頭をさげた。みんな泣き腫らした目をしていた。

「下手人はわかっていると聞いたんだが……」

「お菊ちゃんが親切に泊めてやった男です」

そういったのは若い女だった。腹のあたりがふくれているので、妊娠しているようだ。

「おまえさんは？」

「わたしは、この店の手伝いをしているゆきといいます」

「その男に会っているのだな」

「はい」

「みんな話しておやり」

いったのは五十がらみの男で、殺されたお菊の父親だと名乗り、隣にいる女房と江戸から今朝帰ってきてびっくりしたといった。

「びっくりと申しますか、信じられない思いです。ううっ……。お菊ぅ……」

父親は冷たくなっている娘の手をつかんで、おいおいと泣きはじめた。あんた、と女房が亭主の腕にすがりつき、これもまた泣きはじめた。

「おゆきと申したな。それで、どういう男だったのだ？」

左門がうながすと、おゆきが泣き濡れた顔をあげた。

「はい、これから実家に帰るという人が、殺されるかもしれないと、この店の前に隠れていたのを、お菊ちゃんが親切に匿《かくま》ってやったんです。それなのに、こんなむごいことを……。その男は、侍にからまれて殺されるかもしれないといって二晩も泊まるんですから、わたしは、人のよさそうな顔をしていながら図々しい男だと思っていたんですけれど……。お菊ちゃんも人がいいから……」

「その男は二晩も泊まったんだな」

「はい」

「男の素性はわかっているのか？」

「神田の呉服屋に奉公していて、年季が明けたばかりで、これから平塚の実家に帰るといっていました。どうせ嘘だと思いますが……」

春斎は眉間にしわを寄せて、左門を見た。左門も驚いた顔をしていた。

「おい、そやつの名は新七といわなかったか……」

今度はおゆきがびっくりしたように目を見開いた。

「どうして、それを……」

「こういう男ではなかったか」

左門は懐中に入れていた新七の人相書きを、おゆきに見せた。

おゆきはそれをまじまじと見たあとで、

「そうです。この男にまちがいありません」

と、断言した。

左門は上がり框に腰をおろすと、

「お菊が新七を匿ってからのことを詳しく話してくれるか」

と、真剣な眼差しをおゆきに向けた。

そばにいる春斎はおゆきの話にじっと耳を傾けていた。

「すると、昨夜おまえさんが帰るときには新七はいたんだな」

「この隣の部屋におとなしく座っていました」

「やつに変わったところはなかったか？」

「いまになって思えばおかしなことばかりです。侍にからまれて殺されそうになったからって、二日も見も知らない他人の家に泊まるんですから。実家に帰るならさっさと帰ればいいものを……。あの男は端《はな》っからお菊ちゃんに目をつけていたんです」

おゆきはぐすっと洟《はなみず》をすすって、手ぬぐいで涙をぬぐった。

「それじゃ新七がお菊を殺したあと、何刻ごろこの店を出ていったか、それはわからないんだな」

「そんなことわかりません」

左門はおゆきの両親にことわって家の中を見せてもらった。とくに荒らされた形跡はなかった。店の金も盗まれていないという。

春斎は左門が店の中をあらためている間、お菊の枕許に行き、死因を調べた。扼殺《やくさつ》である。首に指痕がくっきり残っていた。腕や脚にも痣《あざ》が浮いていたが、それは菊が抗ったときにできたものと思われた。刃物傷はない。

「じつは、おれたちは新七を探しているんだが、おっつけ町方が来る。知っていることは洗いざらい話すんだ」

　左門が戻ってきておゆきにいうと、お菊の父親が顔を向けてきた。

「旦那たちはどちらへ？」

「新七を追う」

「捕まえてください。そんな野郎は捕まえて殺すしかありません。お願いです。そいつを捕まえてもらって、思い知らせてやらなきゃ、お菊が、お菊が浮かばれません」

「八州さま、わたしからもお願いです。その男を絶対逃がさないでください」

　お菊の母親もそういって頭を下げた。

四

「春斎どう思う？」

　東海道に戻ってから左門が聞いてきた。

「話からすれば新七の仕業と考えるしかないでしょう」

「そうだろうが……」

「なにか……？」

春斎は左門を見た。北品川と南品川を隔《へだ》てる境橋《さかいばし》をわたるところだった。前からめいっぱい荷を積んだ大八車を引く馬がやってきて、

「それッそれッ、踏ん張れ」

と、馬子に励まされるように鞭で尻をたたかれている。

「あれだけで新七だと決めつけるわけにはいかぬ。お菊は別の人間に殺されたのかもしれぬ」

「なぜ、そうだと？」

「よくわからぬが、お菊は手込めにされて殺されたようだが、やり方が荒っぽい。聞いたかぎり新七は、そんな男ではない。もっとも別の顔を持っているということもあるが……」

春斎は遠くに目をやった。旅姿の親子連れがやってくるところだった。往還沿いの店から、客寄せの声が引きも切らない。

声をかけてくるのは、茶店や土産の饅頭《まんじゅう》などの菓子を売る店の者たちだった。

「新七は侍にからまれて脅されたという。もし、それがほんとうだったら、お菊を殺したのは、その侍だと考えることもできる」

「……なるほど」

多角的にものを見て考える左門に感心する春斎は、こういったところはさすが元町方だと思うが、勉強にもなる。

「とにかく先を急ごう。なにより新七を見つけるのが肝要なことだ」

「いかにも……」

二人は足を急がせた。

五

六郷川《ろくごうがわ》はゆるやかに蛇行しながら海に向かっている。川岸には葦《あし》が繁茂し、その丈は人の背ほどもある。風が吹けば、カサカサと乾いた音を立ててなびいた。

新七は渡船場のそばまで来たのだが、引き返すしかなかった。渡船場のすぐそばの茶店に入ろうとしたとたん、足がすくんだように止まってしまった。

（まさか……）

思いがけないことに、心の臓がドキンと跳ねあがったように脈打った。たしかにあの侍だったのだ。その顔は忘れようにも忘れられない。

先夜は気づかなかったが、侍は浪人のようだった。月代《さかやき》を剃らずに総髪にしていたからだ。

新七はその浪人を、葦簀の陰からしばらく見ていた。動けば気づかれるかもしれないと危惧したこともあるが、すぐに体を動かせなかった。

浪人は背は高くないが、がっちりした体つきだ。よく日に焼けており、目が大きくて鋭く、唇が薄かった。

新七は店の女に変な目で見られ、声をかけられそうになったことで、きびすを返してあと戻りしたのだった。水除《みずよけ》堤《つつみ》となっている土手をおりて振り返ったが、浪人に気づかれた様子はなかった。

それでも落ち着かずに、八幡神社のそばまで引き返して茶店に居座っているのだった。かれこれ一刻半はたっている。

店の前の道を旅人や村の者たちが行き交っている。新七は店の隅に座り込んだまま、動こうとしなかった。ときどき、懐中に忍ばせた財布をさわった。

浪人が落とした財布だった。拾ったとき、ずしりとした重さに驚いたほどだ。これは天からの恵みだと思った。中身をすぐにあらためず、懐に入れたときに、浪人が背後に現れ、その財布を返せと迫ってきた。

新七はその形相に肝を冷やして一散に逃げた。

（あのとき、おとなしく返しておけばよかった）

いまさらそんなことを思っても、もう取り返しはつかない。自分は浪人の落とした財布を拾って逃げたのだ。

（そうだ。さっきの船着場に戻って、財布を返したらどうなるだろう……）

うつむけていた顔をあげてそう思った。許してくれればいいが、そうでなかったらやはり斬られるかもしれない。そのことを思うと、恐怖で体がふるえそうになる。

（やはり、あの浪人に見つからないことだ）

新七はもう少し待ってから船着場に行こうと思った。いくらなんでも、もう浪人は川をわたっているだろう。さきほどからずいぶん時間をつぶしているのである。

それにしてもなぜ、渡船場の茶店にいるのだろうか。あの浪人は東海道を上る旅をしているのか。財布の金はその路銀なのかもしれない。

十両――。

財布にはそれだけの金が入っていたのだ。すべて一分金だった。つまり、四十枚が入っていたのである。

大金である。商家の手代が、一年にもらう給金に匹敵する。

浪人が血相を変え、刀を抜いて追ってきたのもうなずけるが、もはや新七は金を盗んだも同然であった。

あの煎餅屋に二日も隠れていたので、すっかりやり過ごしたと思ったのだが、まさかこんなところで出くわすとは予想だにしないことだった。

さらに新七の心を萎縮させていることがあった。

突然、二人の男が店に入ってきて自分とお菊が襲われたことである。自分は殴られて気を失っているだけだったが、お菊が二人の男に陵辱されたのはたしかだった。

挙げ句、お菊は殺されてしまったのだ。

「おい、死んじまったぞ」

お菊を犯した男の一人がいった。

「なんだって……」

「ほんとだ。息をしてねえ」

「冗談じゃねえぜ」

そういった男は、それまでとはちがった手つきでお菊の体をまさぐっていたが、

いた。

「ほ、ほんとだ」

と、驚きの声を漏らした。

新七はそんなやり取りを、ぼんやりとかすむ目で見、ぼんやりした頭で聞いていた。

すっかり正気を取り戻したのは、それからしばらくしてのことだった。だが、そのときはお菊が殺されたとは思いもしなかった。

男たちの気配がすっかりなくなったのをたしかめて、座敷に横たわっているお菊のそばに行った。お菊さん、と声をかけたが返事がない。肩に手をかけて体を揺すったが、お菊はうつろな目を天井に向けているだけだった。

はっとなって尻餅《しりもち》をついて、死体となったお菊を長々と見ていた。

お菊はほとんど裸の状態だった。殺されたのだと思っても、白い死体はあわい行灯に染められていてきれいにさえ見えた。

二人の男たちがどんなことをお菊にして、男たちがどんなやり取りをしていたかを思い出したのはそのあとだった。もっとも記憶は断片的ではあったが。

（人殺し……）

犬の吠え声を聞いて、真っ先に頭に浮かんだことだった。

それは、このままでは自分が人殺しにされるということだった。二人の男のことを新七はよく知らない。顔も名前も不明なのだ。その体つきさえも。

どんないいわけをしても聞き入れてはもらえないと思った。お菊殺しで真っ先に疑われるのは自分だと確信した。お菊を殺したのは他人だが、きっと自分はお菊殺しの下手人として牢に入れられ、死罪になる、と先のことを考えた。

新七は誰にも知られずに逃げるしかなかった。おゆきという店の手伝いに会っているので、おゆきも自分を下手人扱いすると予想した。

暗いうちに品川宿を抜けた新七は、品川と川崎の中宿《なかやど》になっている大森まで来てどっと疲れが出た。しばらく体を休めるために、近くの寺の境内に入り、本堂の廻り廊下で休息を取った。

すっかり眠りこけたようで、寺の坊主に揺り起こされたときは、空はすっかり明るくなっていた。慌てて六郷の渡しにやってきたのだが、まさか件《くだん》の浪人に会うとは思いもしないことだった。

「お客さん」

あれこれと思い出していると、不意に声がかかった。

「お茶、お代わりするのかい」

店のおかみだった。しわくちゃの顔は、おもしろくなさそうな表情だった。茶だけで長時間居座っているのだ。いい顔をされないのはあたりまえのことだった。

「もう出ますので……」

新七は代金を多めに払って、表通りに出た。いくらなんでもさっきの浪人はいないだろうと思うが、川崎に入ってからも気が抜けないと、自分を戒めた。

往還の脇には水田が広がっていた。植えられて間もない早苗が、青々としている。高く昇った日は、その田圃《たんぼ》をきらきらと輝かせていた。

やがて六郷の土手が見えてきた。土手を上った先に渡船場がある。新七は土手に作られた道を上りはじめた。通行人たちに踏みしめられた道は硬くなっているが、その脇の土手には夏草が茂っていて、草いきれがした。

ふっと息をついて土手の上を見たとき、新七は息を止めた。

土手の上に例の浪人が仁王立ちに立っていたのだ。目が合った。浪人の眉間にしわが寄せられ、双眸《そうぼう》がくわっと瞠られた。その手が刀の柄に添えられる。

新七は息を止めたまま後ずさった。

「きさま……」

浪人はつぶやくなり土手を蹴って駆けおりてきた。

新七はくるりと背を向けると、目の前にいた旅人を突き飛ばして、命懸けで逃げはじめた。

「なにしやがんだ！」

旅人の怒声が背後でしていた。

「待ちやがれッ！」

追ってくる浪人の声もした。

六

新七は無我夢中で駆けた。坂道をおりると、街道を避けて横道にそれ、その先に広がる田圃の畦道《あぜみち》を走った。

途中、後ろを振り返ると、浪人は股立ちを取って怒濤《どとう》の勢いで追いかけてくる。片手には抜き身の刀がにぎられていて、日の光をギラリとはじいていた。

新七は捕まれば殺されると思った。いや、追ってくる浪人はそのつもりなのだ。ここで捕まったら最期だ。とにかく逃げなければならない。

田圃がいったん途切れて、葦の茂みが逃走を阻むように立ち塞がっていた。新七は茂みに入ったがよいか、それとも左に曲がって畦道を逃げたらよいか、と考えた。

後ろを見た。浪人はさきほどよりも接近していた。

新七は葦の茂みの中に突入した。少しは時間を稼げると思った。それに身を隠すことができる。だが、それはすぐに間違いだったとわかった。

人の背丈ほど伸びている葦は、身を隠してはくれるが、かきわけて進まなければならないために、その辺りがざわざわと音を立てて揺れる。自分の居場所を教えているようなものだ。

それでももう引き返すことはできない。とにかく前へ前へと進む。ときどき背後を見ると、浪人は自分がかきわけてきたあとを追ってくるので、さらに距離が詰まっていた。

新七はもう生きた心地がしなかった。喉がからからに乾いていた。

(財布を返して命乞いをしたら許してくれるだろうか……)

だめだと、すぐに否定する。

浪人は三日間も新七を探している。浪人の財布を拾って持ち去った新七のことを盗人だと思っている。そう思わない者はいないはずだ。

十両盗めば首が飛ぶ――。

そんな文句が新七の頭に浮かんだ。

(誰か助けて!)

心のうちで叫んで、新七は前へ前へと進む。

葦をかきわけると、いろいろな鳥たちがひそんでいたことに気づく。すぐそばから一斉に飛び立つ野鳥がいたのだ。なんの鳥かわからない。

「待て、待たぬか」

浪人がときどき声をかけてきた。

その声は息があがっていたが、新七のほうはもっと息があがっていた。それに心の臓が飛びだしそうな激しさで動悸を打っている。

がさがさと、身の丈ほどもある葦をかきわけながら前進しつづけた。新七はどうやってまけばいいか考えた。一度、この藪の中から出るべきだと考える。

足が滑って両手をついた。振り分け荷物がぬかるみに落ち、泥がついた。数匹の蟹がそのそばをすばやく横切っていった。

新七は四つん這いになったまま、周囲を見まわした。まわりはすべて葦の藪だが、右のほうに明るく開けたところが見えた。

（あっちだ）

地を蹴るようにして立ちあがると、そのまま右のほうに向かった。

両手で葦をかきわけ、体をその隙間に押し入れるようにして進む。追ってくる浪人と少し差が開いていた。それでも、背後の藪がワサワサ、ガサゴソと揺れている。まるで獣が動いているようだった。

新七の背中に首筋に、そして胸に滝のような汗が流れていた。葦の葉で頬を切ってもいたし、むきだしの腕や足に藪蚊が吸いつきに来た。たたきつぶしている暇はない。そのまま必死の思いで藪を突き進む。

藪が途切れて、雑草の茂る土手に転がり出た。花はないのに、紋白蝶《もんしろちょう》が目の前を優雅に飛んでいった。

立ちあがった新七は、そのまま土手道を駆けた。浪人の姿はない。だが、一町ほど東へ行ったところで、浪人の姿が土手道にぽっと現れた。

肩を激しく上下させ、逃げる新七を睨み、手の甲で額と首筋の汗をぬぐって、追いかけてきた。

新七は生きた心地がしなかった。とにかく逃げるしかない。しばらく行ったところで、また藪の中に駆け込んだ。無闇に逃げても、自分の居場所を教えるだけだと悟り、立ち止まって周囲を見まわす。

一本の鬼胡桃《おにぐるみ》の木があった。十間ほど先だ。それはいっそう深い葦藪の向こうに立っていた。新七はなるべく藪を騒がせないように、注意を払って鬼胡桃を目指した。

「どこだ。どこにいやがる。出てこい」

浪人の声が近づいてくる。ハアハアと荒い息も聞こえる。

新七は喉の渇きを生つばを呑み込むことで誤魔化し、なるべく藪を騒がせないように鬼胡桃を目指した。深い葦藪の裏に辿りつき、鬼胡桃の陰に身をひそめて、息を殺した。

浪人の姿が葦藪の向こうに黒い影となって動いている。

ぎょぎょ、ぎょぎょ……。

いきなり変な声がした。そっちを見ると数羽のヨシキリが飛び立つところだった。

ほっと胸をなで下ろした新七は、目を皿のように大きくし、呼吸を整えながら接近してくる浪人の動きを見つめた。

足許に変な感触があった。そっと見ると、泥んこになった足の上を蛇が、にょろにょろと移動しているところだった。

新七は思わず悲鳴を漏らしそうになったが、両手で口を塞ぐことで堪えた。

浪人は新七を見失ったのか、途中で立ち止まっては藪の隙間の遠くを見るように、腰をかがめたりしている。刀で藪を斬り払い、また進んでいった。

新七はその様子を凍りついた顔で見送った。やがて浪人の姿が、藪に遮られて見えなくなり、そして藪の音だけが聞こえるようになった。

新七はすぐには動かず、しばらく様子を見た。荒れていた呼吸は戻ったが、止めどなく流れる汗で、着ているものは水を被ったようになっていた。

空から鳶が声を降らしてきた。

新七はその空をまぶしげに見あげて、もう一度浪人の去ったほうに目を向けた。もうなんの物音もしなかった。風に吹かれて騒ぐ葦の音のみが聞こえるだけだった。

新七は藪を抜けて六郷川の土手に、ゆっくりと足を向けた。

七

「渡し舟はひっきりなしにある。急《せ》いて事をし損じるなかれだ」

左門は六郷の渡しの手前にある茶屋の床几《しょうぎ》にどっかりと腰をおろした。それから首筋の汗をぬぐって、やってきた女に、

「熱くない茶をくれ」

と注文した。

春斎は手甲のゆるみをなおして、通りを眺め、

「松川さん、わたしは賊を探さなければなりません。川崎に入ったら聞き込みをかけてみます。松川さんは新七を追って先に行ってくだすってもかまいません」

と、左門を見た。

「ふむ。そうだな。わしも手伝いたいところだが、まずは新七を捕まえるのが先だ」

「お菊を殺したその足で品川を出ているとすれば、もう戸塚辺りまで行っているかもしれません」

「朝方ならもっと手前だろう」

「まあ、やつがお多福を出た時刻によるでしょう」

女中が茶を運んできたので、春斎は口をつけた。

「そうだな。……それじゃ、わしは先に行くことにする。各宿の問屋場に先に着

いた方が言付《ことづ》けをしておくことにしよう」

「そうしましょう」

春斎は左門の提案に同意して茶を飲みほした。それから、近くにいた女中を呼びつけて、懐から人相書きを取りだして見せた。

「この男を探しているんだが、よもやここに立ち寄ってはおらぬだろうか」

女中はためつすがめつ人相書きに視線を落としていたが、

「あの、わたし字が読めないんで聞いてきます」

と、恥ずかしそうにいって、奥に下がっていった。

人相書きには新七の年齢と背恰好、顔の特徴が書かれているだけだ。似面絵《にづらえ》が添えてあれば手間が省けるのだが、作る時間がなかった。

さっきの女中と入れ替わるように年増の女中がやってきた。

「あのォ、この人かどうかわかりませんが、似ているような客がいました」

春斎と左門は同時に年増の女中を見た。

「長々とそこの隅に座っている若い旅人がいたんです。それも茶だけしか注文しなかったんですよ。悲しいことでもあったのかどうかわかりませんが、ずいぶん暗い顔をしていました」

「その客が、これに似ていたのだな」

左門は手にしている人相書きを振って女中を見る。

「……ような気がするだけです。人ちがいかもしれませんが……」

「その客はいつごろここを出た？」

「小半刻ほどでしょうか」

春斎はさっと左門を見て、

「行きましょう」

と、立ちあがった。茶代を置いてさっさと茶店を離れると、渡船場に足を急がせた。

「もし新七だったら、そう遠くには行っていないってことだ」

気負い立った顔で左門が、言葉を付け足す。

「それにしてもおかしいな。煎餅屋の娘が殺されたのは、昨夜だ。はっきりした時刻はわからぬが、仮に丑三《うしみつ》（午前二時半ごろ）だったとするなら、やつはとうに六郷をわたっていなければならぬ」

「それなのに、さっきまであの茶屋にいた……」

なぜだろうと春斎は考えた。

六郷の渡し船は、明け六つごろから動きだす。夜中に品川を出て、その時刻に来ていればずっと先に行っているはずだ。それが、ついさきほどまでこの辺りにいたというのは、どういうことだろうか。

春斎は街道の左右に広がる水田を見わたした。水の張られた田は、田植えが終わったばかりで、青々とした小さな稲が風にそよいでいる。蛙の声があちこちで湧いており、水田は日の光にまぶしい。

「煎餅屋の娘殺しが新七の仕業でなくても、やつの仕業だとしても、おかしなことだ」

つぶやく左門も、春斎と同じような疑問を抱いているようだ。

「品川に入った日も妙です。もし、新七が世話になった伊東屋の奉公人らを殺して逃げたとすれば、とっくに江戸を離れていなければなりません。それなのに、やつは昨夜まで品川にいたんです」

左門は春斎の疑問には答えずに黙って歩いた。

目の前に水除堤が迫っていた。土手を上って下ったところが渡船場になっている。

「伊東屋を襲って盗んだ金の分け前を受け取るためだったのか……」

左門が独り言のようにいう。
「伊東屋から盗まれたのは五十両ほどです。金を分けるとしても高《たか》が知れていま
す」
「たしかに、二人で襲ったとしても一人二十五両。わりにあう仕事じゃない。そ
れが三人だったとしたら、なおさらのことだ」
「伊東屋の主、安兵衛を襲ったのは二人でしたね」
「うむ。その一方が新七だったかもしれないが、どうにもしっくりこねえ……」
左門は砕けた口調になったり、そうでなかったりと、そのときどきで言葉つき
が変わる。おそらく町奉行所時代の癖だろう。
町奉行所の同心、とくに三廻りと呼ばれる外役《そとやく》は、庶民と接する機会が多く、
変に堅苦しい言葉を使わない者が多い。庶民と親しみやすいように、職人ぽい言
葉を使う。
しっくりこないと左門がいうように、春斎も、新七が刀を扱えるとは思ってい
なかった。それに奉公人たちも、新七に剣術の心得があるといった者はいなかっ
たばかりか、腕《うで》っ節《ぷし》はからきし頼りなかったと話している。
二人は土手の上にあがった。渡船場に下る道をおりきったところに、茶店が二

軒並んでいた。船頭らが涼んだり雨除けに使う粗末な小屋もある。
一艘の渡し船が夏の光にきらめく川の中ほどを、川崎宿のほうに向かってい
た。そして、対岸からつぎの船が戻ってくるところだった。
「おやめください」
悲痛な声が一軒の茶店から聞こえたと思ったら、小さな旅姿の子供が表に転が
り出てきた。子供は膝小僧を石にぶつけ、泣きそうな顔をして茶店のほうを見
た。
そこへ、一人の浪人が現れて、子供の尻を蹴った。
「礼儀も知らねえ小僧が……」
浪人はさらに子供の脇腹を蹴った。子供は歯を食いしばって痛みをこらえてう
ずくまったきりだ。
「謝ります。この子は悪気があってやったのではありません。このとおりでござ
います。どうかお許しを」
子供の父親が浪人の前に来て、土下座をした。浪人のそばにはもう一人仲間が
いて、にたにたと笑っている。
「おれはおめえに謝ってなどほしくねえんだ。躾《しつけ》のできていない小僧に教えてる

だけだ」

「どうかご勘弁を。この子にはちゃんと教えますから。これ、文吉《ぶんきち》……」

父親が声を呑んだのは、浪人がまたもや子供の頭を拳骨《げんこつ》で殴ったからだった。うずくまっていた子供はそのせいで、一間ほど先の地べたに尻餅をつくと、いよいよ泣きはじめた。

「やめぬか」

ずいっと足を踏みだしたのは、春斎だった。

「子供相手に大の大人がなんだ、見苦しい。なにがあったか知らぬが、もう充分だろう。許してやれ」

「なにを……」

浪人は怒りの矛先を春斎に向けるかのように、睨みを利かしてきた。一本差しで、着流した小袖はつぎはぎだらけだ。上の前歯がなく、顎ひげを生やしている。

そばに控えている仲間は小太りで、おもしろがるような薄笑いを浮かべていた。ただ、腰の刀の柄に片手を添えていた。

「このガキがおれの足に茶をこぼして、謝りもしねえから、とっちめただけだ」

「だったら、もういいだろう」

　春斎は泣いている子供のそばに行こうとしたが、

「待ちやがれ」

と、浪人が呼び止めた。

周囲には船待ちの客七、八人が野次馬となって、遠巻きに成り行きを見守っていた。

「茶をかけられたおれに落ち度はねえ。それなのに、折檻《せっかん》したからといっておれを悪者扱いかい。正義を気取って仲裁なんぞ糞食らえだ」

「別に正義を気取っているのではない。存分に殴って蹴ったんだから、その辺にしておけといっているだけだ」

「気にくわねえ」

浪人は目を血走らせ、つばきを飛ばしてわめいた。

「おい、おれはこう見えても元は小田原大久保加賀守《おおくぼかがのかみ》の家臣、近本千蔵《ちかもとせんぞう》と申す。いらぬ横車を押してきたばかりに、おれの虫の居所が悪くなった。怪我をしたくなかったら、とっととどこへでも去りやがれッ」

「そうはいかぬ。おれはこの川をわたらなければならぬ」

「ふざけおってッ。いったいきさま、なにもんだッ」

「八州廻りだ」

「へん、脅しのつもりかい。そうはいかねえぜ。よし、こうなったからには斬って捨てる」

近本千蔵と名乗った浪人が、さらりと刀を抜いたものだから、周囲を取り囲んでいた野次馬たちが、うおっ、と驚きの声を漏らして一歩後ずさった。

「刀を引け。こんなところで刃傷沙汰はごめんだ」

春斎は関わりあうつもりはなかったが、近本がいきなり斬りかかってきた。

第三章　祐仙和尚

一

春斎は、撃ち込まれてきた近本の一撃を、抜きざまの一刀ではねあげた。

「おっ……」

近本は春斎の早業に、一瞬、驚きの声を漏らしたが、引き結んだ口をへの字に曲げて青眼に構えなおした。

「なめおって……」

すり足を使って間合いを詰めてきた近本は、すっと剣尖《けんせん》をのばして軽い突きと見せかけ、脛《すね》を狙って刀を横に薙《な》ぎ払った。春斎は軽く跳躍することで、近本の横に移動した。

近本が慌てて体勢を整えて上段から撃ち込んできた。春斎は体をひねってかわすと、足払いをかけた。

近本はどうっと前に倒れた。すぐさま振り返ったが、鼻の頭と頬に泥と草がくっついていた。

野次馬たちから、ぷっ、と失笑が漏れた。

「まだやるというなら存分に相手をいたすが、いかがする？」

春斎は悔しそうに唇を嚙んでいる近本を、醒めた目で見下ろした。そのとき、近本の仲間が横合いから斬りかかってこようとしたが、春斎がさっと、そっちに刀の切っ先を向けると、相手は、

「うっ……」

と、小さなうめきを漏らして、そのまま後ろにさがった。

「その辺でいいだろう。おまえたち、これ以上やると、ほんとうに命を落とすことになるぞ」

そばに控えていた左門が、口に草をくわえたまま近本とその連れに忠告した。

「きさまら、ほんとに八州廻りなのか……」

やっと立ちあがった近本が目を白黒させている。

「嘘偽りを申すつもりはないが、おまえたちにはどうでもいいことだ」

春斎は刀を鞘《さや》に戻した。

些細な喧嘩はそれで収まった。野次馬たちは、もっと斬り合いを期待していたのか、がっかりした顔でそれぞれのところに戻り、近づいてくる舟を眺めた。

「ほんとうに八州廻りならその証拠を見せてくれないか」

近本が春斎にいった。

すでに敵意はないが、春斎を恐れているのか一間以上は近づいてこない。

「そんなものを見てどうする？」

春斎は近本とその連れに静かな眼差しを向けた。八州廻りは御判物《ごはんもつ》を持っている。これには、勘定奉行と関東代官の花押が記されてあり、その身分と権限を証明するものであった。しかし、よほどのことがないかぎり、その証書を人に見せることはない。

「いや、なにも……」

近本は視線をそらすと、連れを見て離れていこうとした。

「待て」

春斎が呼び止めると、二人はびくっと肩を動かして振り返った。

「つかぬことを訊ねるが、おぬしらは毒蜘蛛と呼ばれる街道荒らしを知らぬか？」

春斎は二人の表情の変化を見逃すまいと、目を凝らした。二人は互いの顔を見合わせただけで、

「さあ、そんなやつのことは聞いたこともないが……」

と、近本が首をかしげながらいった。

「さようか、ならばよい」

春斎は左門のそばに戻って、茶店の床几に腰をおろした。近本らは、舟を待つ客に醜態をさらして、ばつが悪くなったらしく渡船場から離れていった。

「あやつら小田原藩の元家臣だといったが、どうせ足軽か雇われ郷士だろう。さもなくば粗相をして追いだされでもしたか……」

左門はのんびり顔で茶を飲む。

対岸からやってくる舟が船着場に近づいていた。舟には七人の客と荷物が積んであった。

「お侍さま、先ほどはとんだところをお助けいただき、ありがとうございました」

春斎が茶を飲んだとき、いじめられていた子供とその親がやってきた。

「礼には及ばぬ」

「いいえ、お侍さまがいらっしゃらなければ、どうなったかわかりません。ほんとうにありがとうございました」

「ありがとうございました」

父親に頭を押されて、倅の文吉も深く辞儀をした。

「どこへ行くのだ？」

春斎は父親と文吉を見た。

父親は江ノ島に行くといった。なんでも文吉は常磐津《ときわづ》の宗家に弟子入りをするらしく、その祈願に行くということだった。

江ノ島弁才天は、厳島《いつくしま》（広島）、竹生島《ちくぶしま》（滋賀）とならぶ日本三弁天のひとつで、技芸上達のご利益があるといわれていた。

「さようか、それはよいご利益を受けられればよいな。旅にはいろんなことがある。親切な者もいれば、さっきのようなやつらもいる。道中気をつけるのだぞ」

「はい、ありがとうございます」

父親はそばの床几に文吉と並んで座った。

渡し船から客が降りてきて荷下ろしがはじまった。その作業が終わると、荷を積み、客を乗船させるが、それまでしばらくの時間があった。

「これ親爺、ちょいと訊ねるが、この男を見たことはないか。ひょっとするとここで舟を待っていたかもしれんのだ」

左門が茶店の主を呼んで新七の人相書きを見せた。

主は首をかしげるだけだったが、文吉の父親が興味を持ったらしく、見せてくれという。左門が見せると、父親は、はっと目を瞠った。

「この人に似た人を見ました。そこの土手をあがってくるとき、急に立ち止まってわたしたちの脇を駆けて逃げてゆきました」

「逃げていっただと……」

「はい、その土手にいかめしい顔のお侍さんが立っておりまして、その人を見ると一目散に川下のほうへ……」

父親は新七が去ったほうを指さした。

「すると、侍に追われて逃げたということか？」

「お侍は血相変えて追っていきました」

春斎と左門はすぐに土手上に向かった。

新七は土手下の田圃道を東に逃げていったという。そのずっと先には葦の藪が広がっていた。その藪は六郷川の水除土手に沿うように、海のほうにつづいていた。

二

新七は雑色村《ぞうしき》を抜け、羽田村《はねだ》までやってきていた。もうその先は海である。近くには漁師らの家があり、浜では火を焚く煙が空に昇っていた。

追ってくる浪人をどうにかまいた新七だったが、まだ胸の動悸が収まっていなかった。すぐそこに浪人がいるような気がするし、へたに動くと、目の前にあらわれるような気がしてならなかった。

それでも、こんなところにいつまでもいるわけにはいかない。早く平塚の実家に帰らなければならないし、母親の様子を見たらすぐにも江戸に引き返さなければならない。主の安兵衛からは旬日の休みをもらっていたが、江戸で美代に見送られたあと、深川で遊び、そして品川に行ってからも岡場所で遊んでいた。

長い年季奉公という束縛から解き放たれ、たがが外れたようになったのだ。想い合っている美代に後ろめたさを感じもしたが、伊東屋のおかみのお仙に抱かれたときの匂いを、消し去りたかったということもあった。

しかし、今度は、女郎の匂いが体に染みついているような気もしていた。

挙げ句、財布を拾って、浪人に追われることになった。

新七はいまになって、岡場所になんか行くんじゃなかった、拾った財布はあのとき素直にわたしてしまえばよかった、と後悔した。しかし、もう取り返しはつかない。浪人は自分が財布を盗んで逃げたと思い込んでいる。

（捕まれば、きっと斬り殺される）

そう思うと、寒くもないのに体がふるえるのだった。

でも、逃げなければならないと思い、勇気を奮い立たせて物陰からそっと日なたに進み出てまわりを見た。追ってくる浪人の姿はどこにも見えない。そのまま浜辺に進み、網の修理をしている漁師の女房たちの作業を眺めた。

女房たちは粗末な着物に裸足で作業をしながら、ときどき楽しげな笑い声をあげていた。素肌には汗が光っていた。なかには頓着することなく上半身をさらしている女もいた。

六郷川の上流に目を注いだとき、一艘の船が見えた。

それは対岸の川崎宿のほうからわたってきているのだった。船の大きさは六郷の渡し船とほとんど変わらなかったが、乗っている客は二人ほどで、荷物も少なかった。

船は器用に棹を操る船頭によって、光きらめく川をゆっくり羽田村の岸に近づいてくる。

（ここにも渡し船が……）

新七は何か救われたような気持ちになった。あの渡し船を使って川崎に入ろうと決めたのはすぐだ。

周囲を警戒しながら渡船場に行った。日除けのために作られた粗末な小屋があり、着岸したばかりの船から二人の客が荷を下ろしていた。

船頭はのんびり煙管《キセル》を吹かしている。新七はもう一度背後を振り返った。小さな集落と、そのそばに水田があった。人の姿は見えず、乾いて白く見える道が遠くの雑木林《ぞうきばやし》のほうにつづいていた。

「船頭さん、向こうに乗せていってもらえませんか」

新七が声をかけると、煙草を喫《の》んでいた船頭がほつれた菅笠の庇《ひさし》をあげて見てきた。

「いいよ。だけど、船賃は六郷と同じだ」

船頭は値踏みするように新七を見てからいった。

「かまいません」

「それじゃ待ってな」

船頭は愛想がなかった。新七は雁木《がんぎ》に腰をおろして待つことにした。目をすがめて遠くを眺めやった。その顔は川の照り返しを受けていた。

(おかみさんから小遣いをもらったばかりに……)

そもそもこうなったのは、主・安兵衛の女房、お仙から望外な心付けをもらったからだと思った。

――これはおまえさんのおっかさんの薬礼《やくれい》にお使い。それに土産も忘れるんじゃないよ。余分に入っているから、旦那にはこれだよ。

お仙は口の前に指を立てて、意味深に笑い、そっと新七の手を握った。

――早く帰ってきてもらいたいけれど、おっかさんのことは心配だろうからね。

奥座敷には二人しかいなかった。もし、そのとき人の足音がしなかったら、お仙は新七の口を吸いに来たかもしれない。

――遠慮なくいただいてよろしいんで……。

――なにをわたしに遠慮などいるものか、さあ、早くおしまい。

お仙がくれた金包みには五両の金が入っていた。

望外だった。そのために新七は岡場所で女郎を買おうと思った。それは、お仙の肌を忘れるためでもあった。

お仙にはじめて抱かれたのは、新七が熱を出してうなっているときだった。他の奉公人は手が放せないからといって看病してくれたのだ。

お仙は甲斐甲斐しく頭に冷たい手拭《てぬぐ》いをあててくれ、体の汗も拭いてくれた。熟した大人の肌の匂いと、白粉の匂いが鼻についたが、

（おかみさんはやさしい人だ）

と、心の底から思ったものである。

お仙が浴衣姿でやってきたのは熱が下がった夜更けだった。主の安兵衛は例によって妾の家に行っていて留守だった。あとになって考えれば、その隙を狙ってお仙はやってきたのだ。

――新七……。寝てるのかい？

低声で訊ねられた新七は、目を開けてお仙を見た。その途端だった。お仙がおおいかぶさるようにして、口を吸いに来たのだ。突然のことに新七は声を出せなかったし、口を塞がれていた。

おまけにお仙は新七の急所をつかんで、指先でやさしく愛撫していた。新七は

はからずも興奮してしまった。お仙の豊かな乳房が新七の口にあてがわれると、頬ずりをして吸いついてもいた。

いつしかお仙はむちむちとした太股を新七の足にからめ、自ら受け入れる体勢を取っていた。若い新七はいけないことだとわかってはいたが、我慢できなかった。お仙の誘いに乗って、肉づきのよい体にしがみついていった。

お仙はそのときのことが気に入ったらしく、隙を見ては新七を誘うようになった。他の奉公人には絶対に知られないように充分に用心をしていたが、それでもなんとなくあやしんでいる手代や奉公人がいた。

本気なのかからかいなのか、お仙との関係をそれとなく揶揄《やゆ》されることもあったが、新七はそんなとんでもないことは絶対にないと否定していた。


「そろそろ船を出すぜ。乗るんだったら乗ってくれ」

新七は船頭の声で我に返った。

客は新七だけだった。もう一度、背後の村を見たが浪人の姿はなかった。

中津川勘助《なかつがわかんすけ》は鼻息を荒くして羽田村の百姓家や漁師の家をまわっていた。

「若い男だ。振り分け荷物を持った旅人のなりをしている。どうだ、見なかったか？」

これで訊ね歩くこと何軒目なのかわからなかったが、いっこうに盗人の行方は知れなかった。

「そんな男は見ませんよ。旅人なら街道のほうじゃありませんか」

百姓は期待外れなことをいう。

中津川は表の道に戻って、

「どこに行きやがった」

と、辺りを睨むように眺めたが、人の姿は少ない。もちろん盗人の若造の影も形も見えない。

葦藪の中で見失ってから、雑色村から羽田村にやってきたのだが、またもや逃げられてしまった。ちくしょうと吐き捨て、乾いた地面につばを吐いた。

そのまま途方に暮れたように六郷川のほうへ向かった。浜からあがってきた漁師と女に会ったが、もう聞いても無駄だろうと思い、そのまますれ違った。

財布には十両が入っていた。決してきれいな金ではないが、苦労をかけどおしの妻にわたすはずの生計だった。

それをうっかり落としてしまい、気づいて道を引き返すと、あの若造が拾いあげて懐に入れるところだった。それはおれのものだ、返すんだといっても若造は聞く耳を持たないという体《てい》で逃げてしまった。

腹立たしいにもほどがあった。見つけたら有無をいわさず斬り捨てる腹づもりだ。

（それにしてもどこに逃げやがった。どこに隠れてやがる）

ぎらぎらと目を光らせてまわりを見るが、財布泥棒を見つけることはできなかった。

また、浜からあがってきた女と会った。

「おい、若い男を見なかったか？　旅人のなりをしている男だ」

突然声をかけられた女は、一瞬きょとんとしたが、

「その人かどうかわかりませんけど、さっき土手道を歩いてる人を見ましたよ。旅人のように見えましたけど」

という。

中津川はただでさえ大きな目をさらに瞠った。

「そいつはどっちに行った？」

「船着場のほうです」

「なんだと、それはどこだ？」

女はあっちですと西のほうを指さした。

中津川は礼もいわずに駆けだした。勢いをつけて土手道に駆けあがり、船着場のほうに目を向けると、川をわたっていく一艘の舟に気づいた。

もしやと思って、船着場に走ったが、そこには誰もいなかった。古びた小屋があるだけで、粗末な雁木が作られていた。

中津川は雁木の上に立って、遠ざかる舟を見た。それには一人の客があった。

「くそ、逃げられた」

地団駄を踏みたくなった。いや、実際踏んだのである。ベリッと足許の板が破れた音を立てた。

三

藤沢宿大鋸町《だいぎりまち》で米穀商を営んでいる常磐屋《ときわや》の主・嘉兵衛《かへえ》は、さっきからお島《しま》の八つ口に手を差し入れて、形がよく張りのある乳房を弄《もてあそ》んでいた。

そこは嘉兵衛の奥座敷の縁側で、庭に面しており、心地よい風が吹き込んでいた。深緑の葉を茂らした庭の木々が、明るい日射しを受けていた。

「もう、よしてくださいな」

お島にそういわれて自分の手を押さえられた嘉兵衛は、にやついた顔を、一瞬、元に戻したが、

「いいじゃないか。邪魔をする者はだれもいないんだ」

と、再び鼻の下を長くして、お島の乳首をつまんで弄んだ。

お島はくびれた腰をよじって、

「旦那って……ほんとうに好き者なんだから」

と醒めた顔でいって、煙草盆を引きよせた。

その間も、嘉兵衛はうしろから抱きつくようにして、乳房を揉んだり、うなじに口をつけたり、耳たぶをかじったりする。

二人は素肌に浴衣をかけているだけであった。

「まだ日が高いんだから、いい加減に……」

お島は煙管を吸いつけてから、いたずらをつづける嘉兵衛の手をぺしりと打った。

座敷の中に迷い込んでいた白い蝶が、庭に出ていった。

「それより、さっきの話をつづけてくださいな」

「つまらないことさ。悪い坊主ってのはどこにもいるもんだ。なにもこの宿場だけの話ではないだろう」

「わたしは知りたいんです。ねえ……」

お島は首を動かしてにやけている嘉兵衛の顔を見つめた。嘉兵衛も見つめ返してきて、急に興が醒めた顔になった。

「なんだ、つまらない。もうあれで満足かい」

「だって、まだ明るいではありませんか」

「明るくてもいいではないか」

嘉兵衛はそういってまた抱きついてきたが、お島は今度こそは強く抗って嘉兵衛の腕を振りほどいた。

「ちょっ」

舌打ちをした嘉兵衛は拗《す》ねたような顔をして、自分の両膝を抱きかかえた。それから水差しに口をつけ、喉仏《のどぼとけ》を動かして水を飲んだ。

「まったくひどい和尚だよ。真面目に話をすれば腹が立つやら癪《しやく》に障《さわ》るやら……」

「いいから聞かせてくださいな」

それは長福寺《ちょうふくじ》という寺の住職の話だった。

「茂蔵《しげぞう》の女房はいいように和尚に手込めにされて、家に戻されたまではよかったんだけどね、そりゃあ世話になっている寺の坊主と寝た女房とうまくいくわけがない。夫婦仲はそれきり冷たくなったままだ」

「…………」

「ところが、話はそれで終わりではない。ここまではさっき話したからいいだろう」

お島はこくりとうなずき、身繕《みづくろ》いをはじめた。嘉兵衛もそのことをとやかくいいはしなかった。男の欲はしずまったようだ。

「茂蔵とその女房、お久《ひさ》には年頃の娘がいた。おきいというんだけど、これが母親に似ていていい女だ。このおきいが先だって、孝助《こうすけ》という婿養子をもらったんだね」

「そのおきいさんはいくつなの？」

「十八だったかかな。婿は坂戸町《さかどちょう》にある『小田原屋』という酒屋の次男坊だ。たしか二十二だったはずだ。これはめでたいことだから、和尚もお祝いをしようということになった」

「和尚の名は、祐仙《ゆうせん》といううんでしたわね」

「そう、その祐仙和尚が、おきいと小田原屋の倅の縁組を祝ったのはよかった。だけど、よかったのはそこまでだった」

「なにがあったんです？」

身繕いを終えたお島は、まじまじと嘉兵衛の顔を眺めた。見目の悪い男ではない。鼻筋も通っているし、眉もきりっとしている。それでいて商売人らしいやさしげな目をしているし、人柄も柔和だ。おまけに金儲けもうまい。

「それがひどい話さ……」

嘉兵衛はお島が使った煙管をつかんで、刻みを詰めて器用に火をつけ、ふうっと、長い紫煙を吐きだした。

「祝言に行ったその日に、和尚はおきいのことを気に入ってしまったんだよ。日を置かずにおきいを寺に呼びつけると、自分のものにしちまった」

「ま、あきれた」

「まったくあきれた話だよ。和尚は知られないように算段したつもりだろうが、そんなことは隠しおおせるものじゃない。おきいは婿に問い詰められて白状しちまった。聞いた婿の孝助は怒り心頭に発し、包丁を持って寺に乗り込もうとしたが、すんでのところで茂蔵に引き止められて泣く泣く堪えるしかなかった」

「泣き寝入りですか……」

いいやと、嘉兵衛は首を振った。

「孝助はその晩、境川に飛び込んで、翌朝、土左衛門《どざえもん》で揚がった」

お島は無表情に嘉兵衛の顔を見つめた。その心中《しんちゅう》では怒りの炎が渦を巻いていたが、一切表情には現さなかった。

「和尚に嫁を汚されたことは、孝助が川に入る前に仲のいい者に話していたからわかったことだ。だが、和尚はそんなことは出鱈目《でたらめ》で、身に覚えはないと白《しら》を切っている」

「だっておきいがいるじゃありませんか？」

「おきいはなにもいわない。親の茂蔵もお久もだんまりだ。おきいは若い。また嫁に行けもするし、婿養子をもらうこともできる。妙な噂が広まったりしたら、おきいの幸せはなくなる。だから、我慢してるんだろうよ」

「その話はみんな知っているのですか？」

「まあ、この辺の者は知っていると思うよ。知っていながら知らぬ顔をよそおっているだけだよ。長福寺の世話になっている者はとくにね」

「ひどい話……」

「まったくひどい話だ」

「このままではすまされないですわね」

お島はきっとした目で嘉兵衛を見た。

「さあ、それはどうだろう。誰も訴えもしなければ、その証拠もないいんだ」

「いいえ、きっとすまされませんよ」

お島は庭に目を向け、さらに塀越しに見える青空をあおいだ。

「そんな坊主は死ぬしかないわ」

それは小さなつぶやきだった。

「なにかいったかい？」

嘉兵衛が問うてきたが、お島は何も返事をしなかった。

四

六郷の渡しで左門と別れた春斎は、足を急がせ、その日のうちに保土ヶ谷に入っていた。すでに日は暮れており、夜空には星たちが散らばっていた。

この辺りは道幅が四間から四間五尺と広い。その乾いた道が星明りに浮きあがっていた。

春斎は星空を映す今井川《いまいがわ》に架かる橋をわたり、そのまま歩きつづけた。往還沿いに立ち並ぶ商家のほとんどは店を閉めているが、居酒屋や飯屋からはにぎやかな声が、橙色《だいだいいろ》の光の帯といっしょにこぼれている。

夕暮れどきには、旅人の袖を引っ張る旅籠の客引きたちが通行の邪魔をするが、いまはその姿もない。大方、客の応対に追われているはずだ。

春斎は周囲の様子を眺めながら足を進めた。夜風が地表の土埃をさらって空に巻きあげている。春斎の羽織の袖がひるがえり、鬢《びん》の後れ毛がふるえるように揺れる。

そのまま帷子川《かたびらがわ》に架かる橋をわたる。行き先は決まっていた。何度も廻村に来て世話になっている旅籠がある。

すぐそばの居酒屋から、二人の職人が千鳥足で出てきた。かなり酩酊《めいてい》の様子で、春斎に気づくと、

「あ、こりゃずいぶん遅いお着きじゃございませんか」

などと軽口をたたく。連れの男が、

「これお侍じゃねえか。へたなことをいって怪我でもしたらどうする。へえ、すいませんで、この野郎は酔ってるだけですから」

と、ぺこぺこと頭をさげる。

春斎は気にせずに、戸口越しに見える店の中に視線を走らせた。田舎にしてはにぎわっている店で、客も多かった。

（あとで来てみよう）

心中でつぶやいた春斎は、保土ヶ谷町まで行き、『藤屋《ふじや》』という旅籠に入った。帳場に座っていた番頭が飛ぶようにやってきて、

「これは小室さま……」

と、驚いたように目を瞠った。春斎も知っている忠助《ただすけ》という男だった。

「部屋はあいているか？」

「すぐにご用意いたします。まずは濯《すす》ぎを……」

忠助はてきぱきと動き、一人の女中を呼ぶと、春斎の係《かかり》とした。

藤屋は参勤交替のおりには脇本陣として使われる宿だった。本陣も同じ町内にある。飯盛女《めしもりおんな》を抱えているが、それは二人までという決まりだ。もっともそんな決まりは守られていない。常に六、七人の女がいる。

「忠助、おれのことは例によってこれだぞ」

部屋に案内された春斎は、釘を刺した。八州廻りが宿場内に入ったことが広まれば、悪党たちはなりをひそめるのが常だ。

廻村を公にする場合もあるが、今回は賊の捕縛が目的である。なるべく自分の身は明かさないほうがよいと考えていた。

忠助がさがり、入れ替わるように女中が入ってきた。腰まわりに豊かな肉をつけた若い女だった。胸のふくらみも豊満だし、色目を使うところを見ると、飯盛女の一人らしい。

「米《よね》と申します」

女中は自分のことをそう名乗り、

「お侍さんは、番頭さんとお知り合いのようですね。よくこの旅籠をお使いなんですね。どうぞ……」

茶を差しだしながら、お米は色っぽい目をする。

春斎はかまわずに茶に手をのばした。

「この先ににぎわっている飲み屋があるな。この時刻でもたいそうな客だ」

「それでしたら吉田屋《よしだや》でしょう。二月《ふたつき》ほど前に代替わりして繁盛してます。料理がうまくて安いと評判でして……。お食事はどうなさいますか？　番頭さんが残り物しかないけれど、ご注文があれば支度をすると申しておりますが」

「いや、いらぬ。その吉田屋に行ってみたいと思う」

「遅いようでしたら勝手口から入ってください。わたしはそのそばの部屋におりますから」

お米はそういったあとで、にやりと媚びを売る笑みを浮かべた。

「そう遅くはならないはずだ」

食いつきの悪い客だと思ったのか、お米は商売用の笑みを消した。

「床を取っておいてくれ」

春斎はいいつけて部屋を出た。その部屋は二階の奥の部屋で、裏田圃に面していた。

玄関に行くと、また忠助が寄ってきた。

「忠助、このごろ悪い噂を耳にしておらぬか。なんでも質《たち》の悪い賊が、街道を荒らしていると聞いておるのだが……」

「この宿場は被害にあっていませんが、他の宿場でそんな噂があると聞いてはおります。ただ詳しいことはわかりません」

「他の宿場というのは？」

「なんでも平塚でたいそうひどい目にあった商家があると聞きました」

　二月ほど前のことらしい。

「二月前か……。しかしながら詳しいことはわからぬ。そういうことだな」

「へえ」

（被害にあった平塚の商家をあたらねばならぬな）

　心中で思う春斎は、そのまま藤屋を出た。吉田屋に行く前に、神戸町《ごうどちょう》の問屋《といや》場《ば》に立ち寄った。保土ヶ谷宿に入る手前の宿場でも、問屋場により賊の話を聞いていたが、詳しい話は聞けなかった。

　ただ、被害にあったという噂が立っているだけである。それも戸塚から先の宿場で起きているようだった。

「賊は毒蜘蛛と呼ばれているらしい」

　春斎は問屋場に詰めている宿役人《しゆくやくにん》らを眺めた。

　詰めているのは、問屋役《といややく》、その補佐をする年寄《としより》、下役の帳付《ちようづけ》と馬指《うまさし》である。

　帳場に座っている問屋役は、額が後退したためやっと結ったというような小さな髷をつけていた。酒を呑んでいるわけではないだろうが、猿のような赤ら顔だ。

「呼び名は知りませんが、不気味な噂は聞いております」

問屋役はそういって、やはり噂は戸塚の先で聞かれるといった。継立《つぎたて》業務を行っている人足がそんな話を聞いてきたと付け足す。

「その人足はいるか?」

「裏で寝ていると思います。半吉《はんきち》と申す者です」

「会ってみよう。それからおれのことはしばらく伏せておけ。また、松川左門殿もやってくる予定だ。おれは藤屋に明日の朝までいる。なにかあったら藤屋に使いを出してくれ」

「へえ、承知しました」

五

問屋場の裏には馬小屋があり、その隣に人足小屋があった。宿場間を人馬で継立する人足や駕籠かきが詰めていて、早くも高鼾《たかいびき》をかいたり、酒を呑んでいる者がいた。

半吉は真っ黒に日に焼けており、小太りだが筋肉質だった。酒を呑んでいるせいで、鼻の頭がてかてか光っていた。

「たしかに聞きやした。襲われたのは平塚の長門屋《ながとや》という油屋だったそうですが、あっしも又聞きの又聞きですから、その話がほんとうかどうかわかりませんよ」

「かまわねえ、話せ」

春斎は上がり框《かまち》に腰をおろした。砕けた口調になったのは武張ったものいいでは相手が話しづらいと判断してのことだ。

廻村に出ると、おおむね砕け口調になるのが常だ。そのほうが探索がしやすかった。

「長門屋は平塚一の油屋だったそうで、破られた金蔵にはびた一文残っていなかったといいやす。五百両は入っていたとか二千両はあったとかの話ですが、あっしには百両って金がいかほどのものかわからねえんで、そんな大金は見当もつきやせん」

「長門屋は金を盗まれただけか？」

「店にいた者は皆殺しにされたといいます。恐ろしいことで……」

春斎は蜘蛛の巣の張っている天井を見た。

「殺されたのは何人だ？」

「さあ、それは聞いちゃおりません。十人だったのか、それより多かったのか少なかったのか……だけど、皆殺しっていうんですから、七、八人は殺されてんでしょう」

「賊を見た者はいないんだな」

「いりゃあ、そこの高札場にも触れが出るはずです」

つまり、賊の正体は不明ということである。

人足部屋を出た春斎は、問屋場の前にある高札場を眺めた。長門屋のことはなにも書かれていない。宿場内の触れ書きがあるだけだった。

往還には人の姿が少ない。旅籠の軒行灯《のきあんどん》がぽつぽつと見ることができ、そのあたりだけがぼんやりと明るい。

春斎は吉田屋という居酒屋に入った。盛況である。入れ込みに十四、五人、土間の縁台席に十人ほどの客がいた。

そのほとんどが近所の者たちのようだ。浪人ふうの男が四、五人いるが、あとは職人や店者とおぼしき客だった。

壁に掛けられている品書きは、開店して間もないからまだ真新しかった。酒一合十六文とある。なるほど、江戸なら二十文から二十五文はするが、これは安い。しかも下り酒と但《ただ》し書きがある。

肴も安い。刺身に炙《あぶ》り物、漬物、干物など二十文以上する料理がない。これで繁盛しないほうがおかしい。

春斎は酒を二合と、鯛の塩焼きと茗荷《みょうが》の漬物をもらった。鯛は塩漬けになっているので、それを焼いたものである。茗荷は小鉢にてんこ盛りにされていた。酒はたしかに下り酒のようであった。こんな在で、下り酒を呑めるとは思わなかったので、意外である。

店の中はがやがやとしている。あちこちで笑い声が湧き、くだを巻いている者もいる。浪人ふうの男たちはいたが、春斎は浮いた存在だった。

手甲と脚絆は宿で外してきたが、羽織袴姿はその店では目立った。もっとも塵《じん》埃《あい》にまみれているので、おそらくこの近所に住む浪人に見えるはずだ。

「主を呼んでくれるか」

近くを通った若い奉公人に声をかけて頼んだ。

「旦那をですか？」

奉公人はわずかに驚いた顔をした。

「そうだ。聞きたいことがある」

奉公人はへえと、短く応じて板場のほうに下がった。

この店に仲居はいなかった。さきほどの奉公人と同じように若い男ばかりだ。それにぶっきらぼうだ。忙しいのもあるのだろうが、安くてうまい物を提供しているんだという驕《おご》りが感じられた。

「主の佐兵衛《さへえ》と申しますが、なんのご用でしょう?」

すぐにやってきた吉田屋佐兵衛は、五十がらみのにこやかな男だった。それでいて人を見る目は醒めている。

「つかぬことを訊ねるが、この店にはいろいろな客が来るはずだ。ある悪党を探しておってな。まあ、座れ。手間は取らせねえ」

佐兵衛は隣の長床几《ながしょうぎ》に腰をおろした。

「二月ほど前、平塚にある油屋が賊に襲われたという。そんな話を聞いておらぬか?」

「……そんなことがあったんでございますか。いや、てまえはこの店を出して以来忙しくしておりますから、世間の噂を聞くこともありませんで……そりゃあほんとのことで」

佐兵衛は額《ひたい》に蚯蚓《みみず》のようなしわを三本走らせた。

「おれもそんな噂を聞いたのだ。ひょっとすると主が聞いているかと思ってな」

「はあ、残念ながらそれは初耳でございます。なんでしたら他の者が聞いているかもしれません。ところでお侍さまはお役人で……」

「そう見えるか？」

春斎はとぼける。

「いえ、もしやそうではないかと思ったまでです。物騒なことをお訊ねになりますからね。それじゃちょいと聞いてまいりましょう」

佐兵衛は腰をあげて板場のほうに下がった。板場には長暖簾の目隠しがしてあり、客席から見えないようになっている。

ほどなくして佐兵衛が戻ってきた。

「やはり、うちの者は誰もそんな話は聞いていないようです。もし、それがほんとうだとすれば、うちも気をつけなければなりませんね。そうは申しましても、あまり儲かっている店ではないので、賊は洟《はな》も引っかけないでしょうが……」

ハハハと、佐兵衛は短く笑い、どうぞごゆるりと、といって下がった。

だが、春斎はその後ろ姿を見て、眉根を寄せた。

（あの足取り……）

剣術の心得のある歩き方だと思った。

（元は侍だったのか……）

江戸では武士身分を捨てて商人になる者が少なからずいる。佐兵衛もそうかもしれないと思った。

酒二合を呑んだころには、客が少なくなっていた。尻の重い酔っぱらいが三人、入れ込みの席にいる。あと三人の浪人が近くの土間席にいた。この三人は、盃を傾けつづけてはいるが、あまり酔っているようには見えなかった。

春斎は茶漬けをもらって勘定をした。たしかに安かった。送りだしてくれる佐兵衛に心付けをわたし、

「旅の帰りにまた寄ろう」

といって店をあとにした。

生ぬるい夜風が肌に心地よかった。

夜空には数え切れないほどの星が散らばっている。

左門はどうしているだろうかと、歩きながら考える。それにしても、新七がとある浪人に追われて逃げたというのが気にかかる。

（もしや分け前のことで揉めてでもいるのか……）

そう考える春斎は、新七が伊東屋を襲った賊の一人だと決めつけている自分に気づいた。

（ほんとうにやつだろうか……。それとも、誰かに唆《そそのか》されたのか……）

これはわからないことであった。

背中に人の目を感じたのは、問屋場を過ぎてすぐのことだった。春斎は背後の動きに神経を配りながら歩いた。急に酔いが醒めてゆくのを感じる。

尾《つ》けてくるのは、二人……いや三人か……と見当をつける。しかし、距離を詰めてはこない。一定の間隔をあけている。

（気のせいかもしれない）

振り返りたい衝動に駆られたが、そのまま歩きつづけた。藤屋の軒行灯は消えていたが、玄関の戸は開いていた。春斎は玄関に入ってから表を振り返った。

人の姿はなかった。一歩表に出て左右に視線を飛ばしたが、閑散とした通りがあるだけで、どこかで犬の吠え声がした。

六

長福寺は藤沢宿を流れている境川東の丘にあり、山門下の道は鎌倉道《みち》に通じている。

寺は鬱蒼《うっそう》とした竹林に囲まれ、境内には杉や欅《けやき》、銀杏《いちょう》などが星を浮かべる暗い空にのびていた。

住職の祐仙は食堂《じきどう》で夕餉を終えると、そのまま庫裡《くり》にある自室に入り、燭台の明りを頼りに書をしたためていた。気紛れにはじめた俳句をひねっているのである。

先ほどから推敲しては筆を走らせ、やはりだめだと半紙を破り捨て、また筆に墨をつけなおすといったことを繰り返していた。

開け放された縁側から夜風が吹き込んでくる。藪蚊が多いので蚊遣《かや》りは部屋にひとつ、縁側にふたつ置いてあった。その煙が風にまき散らされる。

（今夜はだめだな……）

祐仙は筆を置くと、きれいに剃りあげた頭を二、三度さすって腰をあげた。のべてある床に蚊帳《かや》を吊り、縁側の障子を閉める。そのとき、表の闇を眺めた。

静かである。竹林がさわさわと音を立てているくらいで、普段と変わることはない。

修行業中の坊主たちもおとなしくしている。朝が早いので、もう寝込んでいるかもしれない。寺には三人の若い僧侶がいた。

（さて、わたしも休もう）

燭台の火を消すと、薄闇に目を慣れさせ、蚊が入ってこないように、そっと蚊帳の中に入り、床についた。

静かに目をつむって、ふうと小さく嘆息をする。

脳裏におきいの顔が浮かぶ。

亭主が身投げをして独り身になった可哀相な女だ。この寺で引き取ってやろうかと、ここ数日の間考えている。むろん、なぜおきいの亭主・孝助が自殺をしたのか、その理由はわかっていた。

祐仙には少なからず罪の意識はあるが、勝手に命を絶った者のことを憐れだとは思わない。生きている者たちの幸せを考えるのが先だ。

死とはこの世から消えることである。消えた者に情をかけることは無駄である。だから、おきいの将来を考えていた。しかし、脳裏に浮かんだおきいの顔は、いつしか霧のように消え、おきいのやわらかい若鮎のような肢体が、まざまざと思い出される。

(若いというのはよい……)

おきいの白い肌、腰から尻へかけてついた肉のすべらかさ、餅のように弾力のある太股、そして愉悦の声……。

(それにしてもわしも若いもんだ。坊主の分際で、けしからぬ、けしからぬ)

祐仙は自分自身を叱責して口許に笑みを浮かべた。

途切れ途切れに梟《ふくろう》の声がしている。

星明りが障子をあわく照らしていた。

祐仙はそんなことを感じながら眠りに誘われていった。

と、一陣の風が吹き込んできて、蚊帳を揺らした。なにやら人の気配……。気のせいだろうと思い、寝返りを打ったとき、燭台に火がともされたのがわかった。一瞬にして部屋の中が明るくなったのだ。

祐仙はカッと目を開けた。

「誰だ?」

半身を起こそうとしたができなかった。頬に冷たい鋼《はがね》があてられ、

「声を出すんじゃない」

という声がしたからだった。

祐仙は体を凍りつかせ、目だけを動かして相手を見た。知らない男がいた。一人だけではない。他にふたつの影が唐紙《からかみ》に映っていた。

「和尚、命をもらいに来た」

「なに……」

「ふふ、驚くことはないだろう。坊主なら死など怖くないはずだ。観念しな」

「いったい、これはなんの……」

「声を出すなといったはずだ」

男はいうなり、祐仙の頬を斬った。血がにじみ、じわりと浮かんだ血が、頬をつたって流れるのがわかった。

「金はどこだ？」

「………」

「どこだと聞いてるんだ」

男は刀の切っ先を祐仙の心の臓辺りにあてがった。祐仙は生きた心地がしなかった。

「金などない。あるのは浄財だけだ」

「屁理屈をいいやがる。その浄財とやらはどこにある？　いえ」

「声を出すなといったではないか。坊主を殺せばどうなるかわかっておるのか」

「てめえなんぞ坊主でも糞でもねえ。さあ、いえ」

「殺されたっていうものか」

祐仙は腹の据わったことをいった。

一瞬の沈黙。男たちは顔を見合わせた。

「それじゃ探すまでだ」

男はいったとたん、腕に力を込めた。

「あ……」

祐仙は短い声を漏らして、自分の胸の辺りを見た。刀が深々とその胸に突き刺さっていた。殺されてはたまらないと、ずぶずぶと胸を抉《えぐ》る刀を抜こうとした。だが、つかんだ瞬間に指がぽろぽろと落ちた。つぎの瞬間、気が遠くなり、すべてが漆黒の闇に閉ざされていった。

「さあさあ、こっちへ……」

常盤屋嘉兵衛は、寝間に入ってきたお島を見ると、鼻の下をのばしきったにやけた面で手招きをした。部屋は有明行灯のあわい光に満たされている。

「いい湯だったろう」

お島が衣桁《いこう》に手拭いを掛けると、嘉兵衛が嬉しそうな声をかけてきた。

「ええ、よい湯でしたよ」

「背中を流してもらいたかったんだけどね。そのために奉公人たちを早めに帰したんだから……」

お島は浴衣の襟をかき合わせて、煙草盆の前に座った。湯上がりのせいで、胸元から覗く肌と首筋、そしてうなじの辺りが火照っている。

「もういい年なんですから、裸は見せられないですわ」

お島は煙管を吹かした。

「わたしは拝んでみたいんだよ。明日も奉公人たちは早く帰すことにしよう。でも、あれだね」

嘉兵衛はわずかに表情を曇らせる。

「なんです？」

「わたしはいいといっているんだよ。おまえさんさえ首を縦に振ってくれれば、いつでもいいんだよ」

「そんなこと……。まだ、おかみさんの喪も明けていないんですよ。旦那の世間体が悪くなるではありませんか」

嘉兵衛の妻は半年前に流行病《はやりやまい》で帰らぬ人になっていた。子宝に恵まれることもなかったので、まだ跡取りもいない。そのために、嘉兵衛はお島をもらいたがっているし、子を作りたがっている。

「喪はもう明けている。なにも一年も我慢することはないんだ。世間体だって気にすることはない。今日も甚兵衛《じんべえ》さんと話をしていたんだ」

嘉兵衛は盆に置いていた徳利をつかんで盃についだ。

甚兵衛というのは宿役人で、嘉兵衛の碁敵《ごがたき》だった。今日の夕刻、その甚兵衛が遊びに来て碁を打っていたのをお島は知っていた。

「おまえさんの話をしたら、そりゃ是非もらいなさい。四十九日はとうに過ぎているから遠慮することはないといってくれたよ。おまえさんに一目会いたいともいっているしね」

お島は無表情に嘉兵衛を眺めて、煙管をコンと、灰吹きに打ちつけた。

「他の人にもわたしのことをしゃべっているんですか？」

「おいおい、怖い顔をするな。わたしゃこれでも口は堅いんだ。甚兵衛さんは格別だ。それにあの人も口が堅い。おまえさんのことはまだ誰も知らないんだから、安心おし」

嘉兵衛はくいっと酒を干すと、お島の腕をつかんだ。そのまま自分のほうへ引きよせて、そっと抱きしめる。

「おまえさんは、なんと愛《いと》おしい女なんだろう。どうしてもっと早く出会わなかったのかねえ。さあ、夜も更けてきた。そろそろ横になろうじゃないか」

嘉兵衛はいいながらお島の裾に手を滑り込ませる。

「ああいい匂いだ」

嘉兵衛はお島のうなじに口を寄せ、それから顔を乳房に埋める。

「旦那……ねえ、もう……」

お島は夜具の上に押し倒された。肌をさらしたくないので、布団を掛ける。

「旦那、わたし、近いうちにここを出ていくわ」

嘉兵衛はその言葉に驚いたのか、乳房を弄んでいた手を止め、がばりと顔をあげた。

「出ていくって……そりゃどういうことだい。だって、おまえさんは行くところがないんじゃないのか。ひどい亭主から逃げてきたんだろう」

「そうですけれど、世話になった人たちがいるんです。その人たちに挨拶のひとつぐらいはしておかないと、申しわけないと思うんです」

「江戸に戻るっていうのかい……」

嘉兵衛は真顔になって、膝を揃えて座った。

「義理がありますからね。でも、すぐに戻ってきますよ」

「ほんとうかい。そのままいなくなるんじゃないだろうね」

「野垂れ死にしそうになっていたわたしを救ってくれた旦那です。恩を仇で返すようなことはしませんよ。それに旦那はやさしいし、頼り甲斐もある」

お島は嘉兵衛にしなだれかかった。嘉兵衛はお島の背中をやさしく撫でる。

「それじゃ帰ってきたら、店の者たちにきちんと挨拶をして、祝言の日取りを決めようじゃないか。それでよいかね。いくらなんでも、このまま店の者たちの目に触れないようにしておくのは無理だ。おまえさんだって、店の者たちの目を気にしての暮らしは気詰まりだろうし……」

「そうね」

「でも、心配だな。わたしもおまえさんといっしょに江戸に行こうか」

「店を休めるんですか。それは無理でしょう」

「いいや、十日やそこらだったら番頭にまかせておけばいい。なんということもないさ」

「そう……。だったらいっしょに行きますか」

「ああ、おまえさんとだったらどこへだっていっしょに行きますよ。火の中だろうが水の中だろうが……」

お島はいきなり押し倒された。嘉兵衛が覆いかぶさってきて、胸に顔をうずめ、むちむちとした太股に手を這わせ、

「おまえさんとだったら……どこへでもいっしょに行くよ。行きますとも……」

と、まるで甘える子供のようにお島にむしゃぶりつく。

ドンドンドンと、激しい音がしたのはそのときだった。

「なんだ」

嘉兵衛はむっくり顔をあげて、玄関のほうに目を向けた。

「嘉兵衛さん、嘉兵衛さん、起きてるかい。寝てるんだったら起きてくれ。わたしだよ甚兵衛だ」

戸をたたく音といっしょに声が聞こえてきた。

「いったいこんな遅くになんだってんだ」

「嘉兵衛さん、大変だ。大変なんだ。開けてくれるか」

「はいはい、ただいま……」

嘉兵衛は声を返すと、ぶつぶついいながら寝間着を整えて部屋を出ていった。

お島は夜具に横になったまま、玄関のほうから聞こえてくる短いやり取りに耳をすましていたが、よくは聞こえなかった。

しばらくして、ドタバタと嘉兵衛が血相を変えて戻ってきた。

「た、大変なことが起きた」

「なにが起きたんです？」

「長福寺の和尚が殺されたらしい」

七

翌朝、春斎の出立は早かった。

明け七つ（午前四時）には目を覚まし、軽い朝餉《あさげ》をかき込み、半刻後には藤屋を出た。

東の空はわずかに朝焼けににじみ、街道の木々は夜露に光っていた。朝顔が花を開きかけ、気の早い蝶が飛んでいる。

商家のほとんどは閉まっているが、旅籠はすでに暖簾を出して、早発ち客を送りだしている。

宿場を離れる前に問屋場に寄り、寝ぼけ眼《まなこ》の帳付に左門への言付《ことづ》けを頼んだ。つぎの宿場でも同じことをするつもりだ。そうやっていれば、左門との連絡は途絶えることがない。

また、新七の人相書きをわたし、見かけたら留め置いて、つぎの宿場に人を走らせるようにも頼んだ。

「では、お気をつけて……」

春斎はやっと目が覚めたという帳付に見送られて、保土ヶ谷宿を離れた。東雲《しののめ》から明るい朝日が幾条《いくすじ》もの光の束となって射してきたのは、それからしばらくあとだった。

春斎はそのまま足を急がせた。

まずは平塚に行くことであるが、途中の戸塚と藤沢でも聞き込みをしなければならない。その間に左門が追いついてくるかもしれない。

つぎの宿場である戸塚までは、約二里の距離である。しかし、宿場の外れからなだらかな坂道が延々とつづく。権田坂《ごんたざか》だ。

その坂道に朝日が射していた。でこぼこした道を、牛を引く百姓がいて、荷駄を運ぶ馬子がいる。宿場では旅装束の者が目立ったが、街道の松並木の辺りまで来ると、人の姿が見えなくなった。

春斎の足が速いこともあるが、旅人がすべて同じ東海道を進むとはかぎらない。保土ヶ谷から八王子方面に向かう者もいれば、南へ下って金沢浦賀《かなざわうらが》方面へ行く者もいる。

権田坂はいったんゆるやかな平坦地になるが、それを過ぎるとまた上り坂である。坂の頂上を過ぎたときには、すっかり空は明るくなっていた。

頭上を鳶《とび》がのんびりと舞い、往還脇の林には小鳥たちの声がかまびすしい。

春斎は足をゆるめることなく坂を下った。すぐ先に境木《さかいぎ》の立場茶屋《たてばちゃや》があり、小休止をして渇いた喉を潤した。

左門のことや新七のことが頭から離れないが、自分の役目のことも気になっている。此度《こたび》は、榊原小兵衛から〝毒蜘蛛〟と呼ばれる賊を捕縛せよとの命令を受けている。

しかしながらその賊の実態も手掛かりもつかめていない。わずかに噂を聞いただけである。

（どうしたものか……）

茶屋の女に代金を払い、編笠の顎紐を結びなおした。

日はすっかり高くなっており、暑さがいや増していた。歩を進めるうちに、背中に汗がにじんだ。額に浮かぶ汗を手の甲でぬぐい、街道を歩きつづける。

（妙だな……）

そう思ったのは、境木の立場茶屋を出てすぐのことだった。

背後に三人の男たちがついてくる。茶屋で追いついてきた旅人だと思ったが、背中に異様な視線を感じる。

八州廻りの役目を与《あずか》ってから、こういったことには敏感になっている。相手は気取られないようについてきているようだが、

（尾けているな）

と、春斎の五感がはたらく。だが、しばらく様子を見ることにした。

江戸方面へ向かう幾組かの旅人とすれ違う。

往還脇には畑や水田が広がっている。畑には桑が実っており、水の張られた田の上を燕たちが飛び交っていた。土の匂いと草の匂いが風に運ばれてくる。

しかし、すぐに殺風景な景色となる。深緑の野山だけが目立ち、暑さがいや増す。道の先で陽炎《かげろう》が揺れていた。

背後から来る三人組はやはり一定の距離を保ったままだ。

ところが、上柏尾村《かみかしおむら》に入ってすぐ、三人の足が速まった。この先に立場茶屋があるが、その手前である。

春斎は警戒した。距離はどんどん詰まり、すぐ背後に三人の影が迫っている。

「待たれよ」

声をかけられた。

春斎はゆっくり振り返った。見も知らぬ男たちだ。旅装束であるが、振り分け荷物は持っていない。

「なにか……」

「一人旅と見た。いっしょにまいらぬか？」

声をかけてきたのは中肉中背の男だ。三十歳前後で穏やかな顔つきをしている。相手を安心させようというのか、柔和な笑みさえ浮かべていた。他の二人は無表情だ。それでも、剣呑《けんのん》な顔つきではない。

「かまわぬが……」

春斎に三人が肩を並べた
「拙者は友部《ともべ》三右衛門《さんえもん》と申す。そなたは？」

さっきの男だ。

「……小室春斎」

「どちらまで行かれる？」

「平塚だ」

「ならば、いっしょだ。みどもらは小田原に帰るところだ。旅は道連れという、一人旅より、大勢のほうが気が楽であろう」

友部はおしゃべりのようだが、あとの二人は無口である。

「どこからまいられた？」

「江戸だ」

「ほう、江戸から平塚へ。親戚でもおありか」

「そんなところだ」

無愛想にいうと、友部は首をすくめた。春斎はいってやった。

「歩きながらの話は疲れる」

「……たしかに」

友部は黙り込んだ。

春斎は考えた。この男たちの目的は自分にある。問屋場の者たちが、春斎の身を明かしているとは思えない。ただ、ここまでに接触した人間は数少ない。

すると、どこから自分のことを尾けようとしたのか？

思いつくのは保土ヶ谷宿の吉田屋という居酒屋である。あそこに浪人者がいた。しかし、この浪人者たちとは顔つきがちがう。それに昨夜は宿にまで、誰かに尾けられている。

（おれを八州廻りと知っているのか……）

それも考えられる。これまでの廻村で何人かの悪党を斬っている。その残党かもしれない。とにかく注意しなければならなかった。

「小室殿、そこに冷たい湧き水がある。大山《おおやま》の水だ。喉を潤そう」

友部が誘って脇道に進む。春斎は立ち止まって迷ったが、他の二人が行こうと誘う。敵意は感じられなかった。

相手が誘っているなら、誘いにのってみる。それも一手である。だからといって気は抜けない。脇道の入口に小さな祠《ほこら》があった。大山につづく道だと示している。

その道は幅一間ほどで、雨で穿《うが》たれてでこぼこしており、道の中央に雑草が生えていた。半町ほど行ったところで、友部が立ち止まった。

「小室春斎といったな」

顔つきが変わっていた。

「きさま、何者だ？」

春斎は黙っていた。

「答えろ」

そばにいた男が刀を抜いた。その隣にいる男も抜いた。

「正体を明かさなきゃ斬るまでだ」

友部も刀を抜いた。

白刃が日の光をはじき、春斎の目を射った。

第四章　馬入川《ばにゅうがわ》

一

「なにゆえ、おれのことを知りたがる？」

春斎は刀の柄《つか》に手を添えて三人を順繰《じゅんぐ》りに見た。

「気になるからだ。ただ、それだけだ」

友部がいう。他の二人は総身《そうみ》に殺気を漂わせている。

「なぜ気になる？　さてはおぬしらにはやましいことがあるということか」

「三の字、斬り捨てるだけだ」

青眼に構えた背の高い男である。

「もしや、吉田屋の手先か？」

友部が剣気を募《つの》らせた。もう無言である。

「誰の差し金だ？」

春斎は、ゆっくり刀を抜いた。

背の高い男が送り足を使って右に動けば、もう一人が左に動く。友部はすり足を使って間合いを詰めてくる。

春斎は中段に構えたまま、わずかに後退した。しかし、友部と一足一刀《いっそくいっとう》の間合いを保つ。

他の二人はすでに刃圏の中にある。

「とおっ」

裂帛《れっぱく》の気合を発して、先に斬りかかってきたのは左の男だった。

春斎は送り込まれてくる一撃を下からはねあげると、間髪を置かず打ち込んできた右の背の高い男の脇をすり抜け、胴を抜いた。

どすっと、鈍い音がしたと同時に、相手の体がふたつに折れて、どさりと倒れた。立ちあがろうとしたが、もはやそれはかなわぬことだとわかっている春斎は目もくれず、友部の攻撃に備えた。

「やるな……」

友部がつぶやきを漏らして、間合いを詰めてくる。上腕に力を入れていない。それを見ただけで練達者《れんたつしゃ》だとわかる。

春斎の目が鷹《たか》のように鋭くなる。柄をにぎる手からわずかに力を抜く。肩にも腕にも力を入れない。だが、腰だけはしっかり落としている。

「外郎ッ！」

突きを送り込んできたのは、右にいた友部の仲間だった。春斎はちんと、切っ先を右にすり落とし、すばやく返した刀で、相手の肩を斬った。

ビュッと、血が迸《ほとばし》った。

しかし、相手に負わせたのはかすり傷だった。致命傷でない証拠に、怒りに目を血走らせ、無用に撃ちかかってきた。戦いにおいて頭に血を上らせれば、平常心を失い、隙ができる。

春斎は相手を懐に呼び込んでおいて、軽く跳躍するなり唐竹割《からたけわ》りに額をたたき斬った。

「うぎゃー！」

悲鳴をあげて、男は前のめりに倒れ、しばらく地面をのたうちまわった。

それを見た友部の顔色が変わった。さきほどまであった余裕の色が、気色《けしき》ばんだ目から消えている。

「きさまいったい、何者だ？」

いったん間合いを外して友部が訊く。

「関東取締出役だ。訊ねるが毒蜘蛛と呼ばれる賊を探している。まさか、きさまらはその一味ではあるまいな」

「八州廻りだったのか……」

友部は引き結んだ口の端から声をこぼす。

「知らぬか？」

「身に覚えのないことを……」

春斎は友部の目を凝視する。白を切っているのかそうでないのか、見定めようとしたがわからなかった。

「よくも仲間を……」

友部が動いた。すぐには撃ちかかってこない。隙を見出そうと右に、そして左に動く。

羽織の裾がひるがえり、右八相から上段に構えなおし、威嚇するように袈裟懸けに振りおろす。刀がうなりをあげて、春斎の目の前を過ぎる。

「きさまらは何故《なにゆえ》におれを襲う？」

「知るかッ」

友部の体が躍った。春斎は右足を前に送り込み、脇をすり抜けるようにかわした。転瞬、振り返りざまに、友部の後ろ肩に一撃を見舞った。

「ぐっ……」

二歩、三歩とよろめいて友部が振り返った。肩口から血があふれている。

「わけをいえ」

「くそッ」

友部は春斎の問いには答えず、刀を振りあげると、そのまま撃ちかかってきた。もはやそれには力がなかった。

春斎は刀を逆袈裟に斬りあげて残心をとった。友部は胸から顎の辺りへ断ち斬られていた。

「愚かなことを……」

どさりと大地に伏した友部に吐き捨てた春斎は、懐紙でぬぐった刀を鞘に戻すと、斬り捨てた三人の持ち物を探った。身上《しんじょう》を証《あか》すものはなにもなかった。手形も手札の類《たぐい》も持っていなかった。

あったのはわずかな金の入った財布と煙草入れだけである。

春斎はむなしく頭を振って立ちあがった。これで、吉田屋を探る用ができた。

しかし、それはあとでやることだ。

春斎は三人の屍《しかばね》を残したまま街道に戻り、平塚へ急ぐことにした。

二

左門は保土ヶ谷宿に入ったところだった。

下駄のような四角い顔に、玉の汗が光っている。それを手の甲でぬぐい、編笠をちょいとつまみあげて立ち止まった。

問屋場が目と鼻の先にある。しかし、左門の目は行き交う人々の姿を追っている。

新七はもうここを通ったのか？　夜通し歩いて平塚の実家に着いているかもしれない。それにしても、新七はなぜ浪人に追われているのか？

考えるとしたら、伊東屋を襲った賊との仲間割れである。しかし、新七の交友関係は聞いているかぎり、広くはない。真面目な奉公人、口下手、友達付き合いが少ないという印象が強い。浪人の知り合いがいるとは思えない。

「もしや……」

左門は、あることを思いつき、小さく舌打ちをした。すぐそばをガラガラと大八車が車輪の音を立てて通りすぎた。

（浪人は、新七が品川の煎餅屋の娘を殺したことを知っているのかもしれない）

仮にそうだとしても、新七はなぜ煎餅屋の娘・お菊を殺さなければならなかったのか？

「うむうむ……」

左門は顎をさすってうなった。

いったいおれは何度同じことを考えているんだ、と自分に嫌気がさした。昨日からずっと堂々めぐりの推量をしているのだった。

「これは松川さま……」

問屋場を訪ねると、帳場に座っていた年寄が、目をまるくして嬉しそうに笑んだ。利平《りへい》という男だった。

問屋役や帳付らとも顔見知りなので、どうぞどうぞともてなしてくれ、茶を出してくれる。

「ゆっくりもしておれんのだ」

「小室さまからお聞きしておりますよ」

利平が煙草盆を引き寄せながらいう。

「此度《こたび》はおれは廻村ではないのだ」

「へえ、何やら新七という男をお探しとか……」

「さようだ。それらしき男を見なかったか？」

左門はずるっと茶を飲んで利平や他の者を見る。

「人足らにも申しわたしておりますが、いまのところは見あたらないようです。ですが、おかしな浪人が昨夜、この宿場をうろついていたという話を聞きました」

「どういうことだ？」

左門は豆粒のような目をわずかに見開く。

「へえ、なんでも一人旅をしている若い男が泊まっていないかと、宿場中の旅籠を訊ね歩いていたというんです。今朝になってその噂を聞きまして、もしやその浪人が探しているのが新七という男ではないかと……」

「春斎はそのことを知っておるのか？」

「さあ、それはどうでしょう。小室さまは、今朝早くにお発ちになりましたから……」

左門は湯呑みを置くと、差料を引き寄せた。

「とにかく新七らしき男を見たら、捕まえるんだ。捕まえたら先の宿場の問屋場に使いを走らせろ」

左門はそういい置いて問屋場を出た。

春斎が泊まる旅籠は藤屋と決まっている。左門も廻村のおりにはよく利用する旅籠だった。藤屋を訪ねると、帳場に座っていた番頭の忠助が飛ぶようにやってきた。

「これは松川さま、ご無沙汰でございます。相変わらずお元気そうでなによりです」

「おぬしも変わりはないようだな。春斎が来たであろう」

「へえ、今朝早くにお発ちになりました」

「らしいな。それより、昨夜妙な浪人が立ち寄ったと聞いたのだが……」

忠助は一瞬視線を彷徨わせてから答えた。

「ああ、人を探しておられたご浪人ですね。一人旅の若い人が泊まっていないかと、ずいぶんいかめしい顔をして訪ねてこられました」

「そやつはどうした？」

「一人旅のお客はありませんでしたから、いないと申しますと、そのまま出てゆかれました。変な人だなと思っておりましたら、ほうぼうの旅籠を同じように訊ね歩いていたと、さきほど耳にしたところです」

「その浪人の名は聞いたか？」

「いいえ。聞く間もありませんでしたから」

「人相は覚えているか？」

忠助は真剣な顔になって、浪人の特徴を口にした。

新七を追う浪人の特徴を聞いた左門は、宿場外れの旅籠に立ち寄ってみた。やはり、そこにも新七を追う浪人は来ていた。

あらためてその浪人の人相を聞くと、忠助と同じようなことをいった。

年は三十くらい。総髪で、背は高くもなく低くもないが、がっちりしていた。鋭くて大きな目。口は大きいが薄い唇。羽織袴だが、旅装束ではなかった。

「……それから、中津川勘助と申されました。別に自分はあやしい者ではないと、付け足すようにおっしゃいましてね」

「中津川、勘助。ふむ、礼をいう」

左門はそのまま保土ヶ谷宿をあとにして、春斎を追うように街道を急いだ。

三

新七はぼんやりした顔で、石垣に座っていた。

昨夜、保土ヶ谷宿を過ぎたのが、宵五つ（午後八時）ごろだった。夜通し歩いて平塚の家まで帰ろうと考えていたが、不動坂を下りたところでへたり込んでしまった。

食うものも食わず、追われているという恐怖で神経が休まらず、肉体も精神も疲労の極地だったのだ。

水を求めて街道を外れて歩くと、寺があった。そのまま境内に入り、手水場《ちょうずば》で水をがぶがぶ飲んでようやく人心地《ひとごこち》がついたが、もう歩く気力がなかった。

夜露をしのぐために本堂の床下にもぐり込んで一夜を過ごし、夜が明けると街道のそばにある稲荷の祠《ほこら》に入って、また眠りこけてしまった。

疲れは取れたが、腹が減ってしかたなかった。

グウと鳴く腹を押さえて、空をあおいだ。西のほうに鼠色の雲が広がっていた。その雲は徐々に新七のいる辺りに迫っていた。

下の道を、鍬《くわ》を担いだ百姓夫婦が通っていった。足をぶらぶらさせていた新七は、石垣からぴょんとおりて、街道に戻る野路を進んだ。大きな黐《もち》の木が頭上にせり出していた。浪人はもうあきらめたのではないかと思う。そうであってくれと、祈るような気持ちである。

しばらく行くと、東海道に出た。大きな荷を背負った行商人と、年老いた四人連れの旅人の姿があった。

浪人の姿はない。ほっと胸をなで下ろして歩く。いくらも歩かないうちに、柏尾川に架かる高島橋《たかしまばし》が見えてきた。土地の者たちは単に「大橋」と呼んでいる。

新七はこの橋を渡って江戸へ行ったときのことを思いだした。あのときは母といっしょだった。あのころの母は元気だった。

――くじけないで真面目にやるんですよ。

母は何度も同じことを、新七にいい聞かせた。

――江戸でも大きなお店《たな》だというから、ちゃんと勤めあげれば、きっと立派な商人になれるよ。商売のいろはを覚えたら、平塚に戻ってきて立派な店を出すんだよ。

新七は母のいうことに、いちいちうなずいているだけだった。

不安と希望がいっしょくたになっていて、江戸という町がどれだけ大きいのだろうかと、胸をわくわくさせていた。

あれから、七年の歳月が流れていた。一年半前に父親が死んだと知らされたときも帰らなかった。他の奉公人たちは藪入りになると休みをもらえたが、実家の遠い新七は店に留まっていた。

やっと年季が明けて病に臥せっている母に会いに行くというのに、

(まったく厄介なことになってしまった)

と、新七は胸の内で舌打ちをする。

大橋をわたったとき、乾いた道にぱらぱらと音を立ち、黒いしみが広がった。いつの間にやら頭上の空は黒い雲に覆われていた。

新七は雨に濡れまいと駆けた。すでに戸塚宿に入っているので、往還の両側に商家や旅籠が建ち並んでいる。

通行人たちは雨宿りをするために、商家の庇の下に立ったり、茶屋に入ったりしている。パッと傘を開いている者もいるが、雨のせいで人通りが極端に少なくなり、遠くまで見通せるようになった。

新七は小さな茶店に飛び込んで、濡れた着物を手拭いでふいた。それから店の中の長床几に腰をおろして、女中ににぎり飯を頼んだ。

「なに、通り雨だ。すぐにやむよ」

葦簀の陰に座った男がいっていた。

その矢先に、ピカピカッと青白い光が走り、パリパリッという乾いた音がして、ドーンという音がひびいた。

雷は遠かったが、だんだん近づいてくるようだ。往還をたたく雨の粒は大きく、水飛沫《みずしぶき》をあげていた。みるみるうちに水溜まりさえできた。

にぎり飯とたくあんで空腹を満たした新七は、そのまま雨のやむのを待った。あたりを青白く染める稲妻と、耳をつんざく雷鳴が何度も轟いた。しかし、それも長くはなく、雷は次第に遠ざかり、雨も弱まった。

新七はすっかり汚れた足を見て、新しい草鞋《わらじ》を買おうと思って店を出た。閑散としていた往還に、また人の姿が戻っていた。

できたばかりの水溜まりが、雲の切れ間から射してくる日の光にまぶしかった。燕が飛び交い、地面から湯気が立っていた。

新七は万屋《よろずや》で草鞋を買って履き替えた。紐を結び終え、顔をあげたときだった。目の前をあの浪人が通っていったのだ。

新七は心の臓をドキンと脈打たせ、顔を凍りつかせた。

浪人はまだあきらめていなかったのだ。

そっと店から顔を出して、浪人の後ろ姿を見た。心の臓は早鐘のように脈打っている。

（いつまで追ってくるんだ。いい加減あきらめておくれよ）

新七は泣きたくなった。浪人を追いかけていって、拾った財布をつきだして、走って逃げようかとも考えた。

しかし、そんなことができるわけがない。これだけ執念深く自分を追ってくるのだ。許してくれるわけがない。見つかったら斬られる。

それじゃずっと逃げつづけなければならないのかと、絶望感が胸の内に広がった。

それでもこわばったままの顔で、追われて逃げるよりは、追いながら逃げる手があるのではないかと思いついた。

どこから現れるかわからない浪人にビクビクしているより、相手がどこにいるかわかっていれば気が楽ではないか。そうだ、そうすれば浪人からすっかり逃げられる手段を見つけられるだろう。

新七は菅笠を目深《まぶか》に被って表の道に進み出た。一町ほど先を歩く浪人の広い背中が見えた。

四

「住職には殺されるような仕儀が……」

春斎はそばに立っている二人の坊主を見た。二人ともふるえるように首を振った。

「いや、それは……」

そんな声を漏らしたのは、春斎をこの寺に案内してきた常磐屋嘉兵衛という米穀商だった。寺の檀家でもあるが、宿役人の一人だった。

「なんだ？」

春斎は嘉兵衛を見た。

「それはあとでお話しします」

春斎はうなずいて、もう一度骸《むくろ》に目を向けた。祐仙という住職の頬には短い刀傷がある。しかし、これは皮膚を薄く斬られているだけで、致命傷は心の臓を刺されたことだった。祐仙の寝ていた夜具は血でぐっしょり濡れていた。吊られていた蚊帳が乱れていたが、それは抵抗した際にそうなったものではないかと思われた。

「もう一度、住職の部屋を見せてくれぬか」

春斎は坊主に頼んで、庫裡の座敷から祐仙の寝間に移った。他の者たちもついてくる。

藤沢の問屋場に入ったのは、半刻ほど前だった。春斎はそこで事件を知らされ、そのまま長福寺に足を運んでいるのだった。

春斎と嘉兵衛の他に、問屋役と帳付が案内としてついていた。それから若い寺の坊主三人であるが、一人は山門前に控えていた。

祐仙が殺されたのを知ったのは、祐念《ゆうねん》という坊主だった。それが昨夜の宵五つ過ぎだった。厠に行ったとき、庭を横切っていく三つの黒い影を見て、なにかあったのではないかといやな胸騒ぎを覚え、祐仙の部屋を訪ねたが、声をかけても返事がない。

妙だなと思って、そっと障子を開けると、血だらけになった祐仙が倒れていたのでびっくりしたという。

再び祐仙の寝間に入った春斎は、賊がなにか落としていないかと、辺りに目を凝らした。賊の手掛かりはなにもない。

ただわかっているのは、賊が三人だったこと。その三人が庭先の縁側から侵入して凶行に及んだらしいということだけだった。

押入の中に行李《こうり》に隠した千両箱が入っていたが、中は空っぽだった。若い坊主にいくら盗まれたのかと聞いても、彼らはさっぱり答えることができなかった。

お布施や賽銭などの浄財は、すべて祐仙が管理していたらしく、その金高《かねだか》も祐仙しか把握していなかったらしい。

「嘉兵衛、話を聞こう」

「それじゃ宿場のほうでお話しします。小僧さんたちは和尚の葬式の支度などがあるでしょうから……」

春斎は、寺にいては迷惑になるという嘉兵衛にしたがうことにした。

藤沢宿は境川の右岸にある大久保町《おおくぼちょう》と坂戸町、川を挟んだ東の大鋸町の三町で形成されている。問屋場は坂戸町と大久保町に各一ヵ所あり、本陣は坂戸町に置かれていた。大鋸町には旅籠はなく、どちらかというと境川右岸の宿場がにぎわっている。

長福寺は遊行寺《ゆうぎょうじ》の東、諏訪神社《すわじんじゃ》の北にある小高い山の中腹にあった。宿場に戻る春斎と嘉兵衛は、鬱蒼と茂った雑木が両側に迫るでこぼこ道を下りて東海道に出た。

しばらく行くと遊行寺の山門がある。坂道を下って宿場に入る。

嘉兵衛が歩きながら、長福寺は大鋸町と周辺の村に支えられる寺であると説明するが、さほど裕福な寺ではないらしい。

檀家数が最も多いのが遊行寺で、

「長福寺はそのおこぼれに与っているようなもんです」

という。

「住職を殺した賊が金目当てだったとしたら、遊行寺を狙ったほうが得ということか……」

春斎は思案顔でいう。

「遊行寺は坊さんの数が多いので、襲いにくいのかもしれません」

「ふむ、そういうこともあるかもしれぬが……。おまえさんは住職が殺されるような仕儀があったのを知っているようなことをいったな……」

「いまお話しします。あ、そこがわたしの店でございます」

坂を下りきったところに、嘉兵衛の店があった。なかなか立派な構えの米問屋だ。玄関先にいた若い奉公人が気づいて、声をかけてきた。

「すぐ戻るが、番頭さんに集金を頼む。そう伝えておくれ」

嘉兵衛は声を返して歩く。

境川に架かる大鋸橋《だいぎりばし》（遊行寺橋）をわたったところに高札場があり、近くに問屋場があった。嘉兵衛は問屋場の向かい側にある茶店の縁台に腰をおろした。

「なんだか喉が渇きましてね……」

嘉兵衛がそういって顔見知りの小女《こおんな》に茶を注文する。

「それで、どういうことだ？」

「あの和尚は女癖が悪かったんです。泣かされた者を知っておりまして……」

嘉兵衛はそう前置きして、畳屋の茂蔵の女房・お久が祐仙和尚に手込めにされ、夫婦仲が冷め切ってしまったこと、またその夫婦の娘が婿養子をもらって間もないというのに、またもや祐仙が娘を手込めにしたと話した。

「あろうことか他人の女房に手を出すとはけしからん坊主だ」

春斎は聞いただけで、殺された祐仙に嫌悪を感じた。

「まったくでございます。挙げ句に、娘婿は、境川に身投げをしてしまいまして……」

「命を絶ったのか？」

「さようで……」

茂蔵とお久の娘はおきいといい、身投げした婿は孝助というらしい。

「孝助は刃物を持って和尚を殺すと騒いだそうですが、茂蔵さんが必死に止めたそうで……。それでも我慢がならず、身投げしたんだと思います」

「茂蔵はそれでも黙っているのか？」

「おきいのことがありますから、へたに騒げば、婿取りや嫁入りに差し支えますから、我慢しているんでしょう」

「では、そのことを知っているのは……」

「へえ、わたしと幾人かの者です。といっても、知っている者は少なくありません。人の口に戸は立てられないと申しますから……。まあ、わたしは茂蔵さんの家のこともありますし、おきいさんのこともありますから胸にたたみ込んでいるんですが……」

「ふむ」

春斎は遠くに視線を投げた。大鋸橋の向こうに遊行寺の鬱蒼とした森と、長い石段を眺めることができた。その上に広がる空は青々としている。

茂蔵夫婦のことを調べなければならない。少なくともその夫婦には祐仙を殺す動機がある。もちろん、おきいにも。

「嘉兵衛、茂蔵の店はどこだ？」

「この先に古着屋があります。その横町を入ったすぐの家がそうです。腰高障子に畳屋茂蔵と書いてありますからすぐにわかります」

「まずは話を聞くことにしよう」

春斎が茶を飲みほすと、

「この話はわたしから聞いたとはいわないでもらえますか……」

と、嘉兵衛がいう。

「あいわかった」

春斎が腰をあげたときだった。

「おお、ここであったか」

という声がした。

「松川さん」

五

「そりゃあ、とんだ生臭坊主じゃねえか」

左門は殺された祐仙の話を聞いて、苦々しい顔をした。

春斎とさきほどの茶店にいるのだった。嘉兵衛は問屋場に立ち寄ってから、自分の店に戻るといって先に帰っていた。

「そういうことですから、茂蔵から話を聞かなければなりません」

「そりゃあそうだろう。しかし、賊が三人ということは、新七ということは考えられぬな」

左門は煙草入れを取りだしたが、吸う気はないようで、ただ手許で弄《もてあそ》ぶだけだった。そんな左門を春斎は見た。

「新七の足取りは？」

「まったくわからねえ。だが、新七を追っている浪人のことがわかった。といっても、人相風体と名前だけで、身許は不明だ」

その浪人の名は中津川勘助といい、人相と風体《ふうてい》を左門が口にした。

「なぜ、その中津川は新七を……」

「そこがわからぬところだ。わしは、新七を使った賊ではないかと思うのだが、どうにもしっくりこねえ」

左門はすっかり砕けた口調になっている。江戸を離れると、だんだん雑な言葉遣いになるのが左門である。

「そもそも新七が世話になった奉公先に悪さをするのがわからないし、そのじつその奉公先で不幸のあったことを知っているかどうかもあやしい。やつはなにも知らぬまま、江戸を発ったのかもしれぬ。ところが、とっくに平塚に戻っているはずなのに、品川にいた。しかも、煎餅屋の娘殺しの疑いをかけられている」

「たしかに……」

「仮に煎餅屋の娘殺しが新七だったとしても、やつの動きは遅い。あの娘を新七がほんとうに殺したのなら、さっさと品川を離れているはずだ。ところが、六郷の渡しあたりでうろちょろしていて、中津川勘助という浪人に追われている」

「まさかその中津川に斬られたのでは……」

「いや、少なくともやつは六郷川を渡り、川崎に入っている。さらに、その先の宿場でも新七を探している中津川のことがわかっている」

「二人は顔見知りなんでしょうか？」

「それはなんともいえぬ。だが、なぜ中津川が新七を追うのか、それがわからんのだ。ただこういうこともあるかもしれぬ」

「なんでしょう」

「中津川が煎餅屋のお菊を殺した。それを新七に見られたということだ」

「もし、そうであれば、中津川にとってはただごとではないということか……」

春斎は独り言のようにつぶやいたあとで、言葉を足した。

「中津川は伊東屋を襲った賊の一人で、新七がその賊に唆されていたとしたら……」

「うむ」

「そうであれば、新七を生かしちゃおけないという筋立てになるんだろうが、それならもっと早く始末をつけられたはずだ」

「いずれにしろ、新七は身の危険を感じて逃げているということになりますね」

「二人の足取りはどこまでつかめているのです？」

「戸塚までだ。中津川は宿場にある旅籠に虱潰《しらみつぶ》しで聞き込みをしている。もちろん、新七のことだ。ところが、妙なのだ」

左門は目の前を飛び交う蠅を手で払った。

「妙とは……」

「中津川は新七の名を口にしておらん。新七の人相風体を口にしているだけだ」

「それじゃ、二人は顔見知りではないということですか……」

「そうかもしれん。だからわけがわからんのだ」

「うーむ、どういうことでしょう」

春斎は腕を組んで道行く人を眺めた。旅人に行商人、近郊の百姓もいるし道具箱を担いだ職人の姿もある。

殺された祐仙のことがあるから、ときどき問屋場に目を向けたが、いまのところこれといった動きはない。

「とにかく松川さんは新七を見つけるのが先です」

「うむ、ここで殺しがあったと聞いては穏やかではないが、わしは新七の実家まで行ってみようと思う」

「それがよいでしょう。わたしは住職殺しを調べています」

「わしのほうが早く片づけば、夜には戻ってこられるかもしれぬ。どこに泊まる？」

「小松屋《こまつや》にしようかと……」

「うむ、あそこなら話が通じる。わしも用が済んだら小松屋に入ろう」

小松屋は上方《かみがた》見附《みつけ》に近い宿場外れにある。春斎と左門だけでなく、他の八州廻りもよく使う旅籠だった。

「それから気になることがあります」

「なんだ」

左門が顔を向けてきた。

「保土ヶ谷に二月《ふたつき》ほど前にできた、吉田屋という居酒屋を知っていますか?」

「入ったことはないが、それがどうした?」

春斎は保土ヶ谷を離れてから、三人の浪人に尾行され、襲われたことを話した。

「誰の差し金かわかりませんが、ひょっとするとわたしの探している賊の仲間かもしれません」

「毒蜘蛛と呼ばれるやつの、ということか……」

「その賊の話は、旅籠と問屋場と、あの店でしかしておりません。旅籠の者はよく知っておりますし、問屋場の者というのもどうかと思うのです。それにあの店にはひと癖ありそうな浪人客がいました。ただし尾けてきたのはあやつらではありませんでしたが……」

「わしもそうだが、おぬしはただでさえ悪党から狙われる人間だ。もっとも、そいつらが毒蜘蛛一味でないとはいい切れぬが……」

「とにかくそんなこともありますから、松川さんも気をつけてください」

「いわれるまでもない。よし、それでは日の高いうちに新七の実家に行ってこよう」

六

茂蔵の店は戸口を開け放してあり、敷居をまたぐと、すぐそこが仕事場になっていた。隣には板の間があり、そこには仕上がった畳とそうでない畳が、きちんとふたつにわけられていた。

「いったいなんでしょう……」

突然訪ねてきた春斎に、畳針を突き立てたばかりの茂蔵は、訝《いぶか》しげに顔をあげた。無精ひげを生やした顔には、汗の玉が浮いていた。

「長福寺の住職・祐仙は知っているな」

「……知っていますよ」

「この宿に入ったところで祐仙が殺されたと聞いてな」

「えっ」

茂蔵は短い驚きの声を漏らして絶句した。

それから汚れた手拭いで汗をぬぐってから、

「いつのことです？」

と聞いた。

「昨夜だ。殺されたおおよその時刻もわかっている。ついてはおまえがその時刻にどこにいたかを教えてもらいたい」

「わたしを疑っておられるんで……」

春斎は不快感をあらわにした茂蔵をまっすぐ見た。齢《よわい》四十半ばの男だが、しわ深い顔をしていた。鬢には霜を散らしている。

「昨夜の宵五つごろだが、どこにいた？」

「昨夜はどこにも出かけませんで、家におりました。宵五つだったら、酒を呑んでそろそろ床についたころです」

「一人でか？」

「いいえ、娘がそばにいました」

「女房は？」

「あれは飯を出すと、さっさと寝間に引っ込んじまいますので……」

春斎は仕事場の奥に目を向けた。障子で遮られているが、その向こうが居間のようだ。

「娘はおきいというのだな。女房はお久……」

「よくご存じで」

「呼んでくれるか。二人からも話を聞きたい」

茂蔵は面倒くさそうな顔をしたが、奥に向かって大きな声をあげて、女房と娘の名を呼んでこっちに来てくれといった。それから、

「長福寺の和尚が殺されたんだとよ」

と、付け足した。

二人はすぐに現れた。お久は、どこかもの憂げで暗い顔をしているが、美形である。

おきいはそのお久の血を引いているらしく、色白で目鼻立ちがくっきりとしている。汗ばんだ肌もつややかである。

しかし、祐仙和尚が殺されたと聞いても、二人は感情を押し殺しているのか、顔色ひとつ変えなかった。

「こちらは小室さまとおっしゃる八州さまだ」

茂蔵の言葉で、お久とおきいの目が春斎に向けられた。

「住職が殺されたのは、昨夜の宵五つごろだ。亭主はこの家で酒を呑んでいたと申しておるが、それに間違いはないか」

お久とおきいは互いの顔を見合わせた。

「昨夜は家から一歩も出ておりません」

答えたのはおきいだった。

「おまえさんたちも家にいたのだな」

おきいとお久は、同時にうなずいた。

春斎はもう少し突っ込んだことを聞かなければならないと思い、上がり框の藁《わら》埃《ぼこり》を手で払って腰をおろした。

「おきいは亭主と死に別れたそうだな」

春斎はおきいを見てつづけた。

「亭主は孝助といったそうだが、境川に身投げしたとか……」

おきいがうつむけば、お久は春斎と目を合わせるのを嫌うように横を向いた。

「なぜ、身投げしたのか、おまえさんらにはわかっているはずだ」

「ちょ、ちょっとお待ちください。いったいなにをおっしゃりたいんで……」

首筋の汗をぬぐっていた茂蔵が、睨むような目を向けてきた。

「住職殺しの下手人を探さなければならぬ。このことは他言されたくないだろうが、お久とおきいは、好ましくない住職の世話を受けている。歯痒かっただろう。いや、言葉ではいい表せぬほどの屈辱だったと推察する」

三人は黙り込んだ。

「殺してやりたいほど恨んでもいただろう」

「そ、それは……」

茂蔵が慌てたように顔をあげた。

「まさか、あっしらを疑っているんですか？」

「そうではない。真実を知りたいだけだ。おぬしの女房・お久と、娘のおきいが、住職とどんな関わりがあったかは、おおよそ聞いている。他言はせぬ。嘘偽りのないところを話してくれ。おれはおまえたちの仕業だとは思っておらぬ。だが、きちんと話してくれなければ、疑わざるを得ない」

春斎は茂蔵をまっすぐ見て、お久とおきいにも視線を向けた。

「小室さまはなんでも知っていなさるようだ。疑われちゃかなわねえ。へえ、たしかにあっしらはあの和尚を殺したいほど憎んでいました。さっき、殺されたと聞いて、正直ざまあみろと思いましたし、ホッともしました。あんな色坊主は早く死ねばいいと思っておりましたからね」

茂蔵は首にかけていた手拭いを、針を突き立ててある畳床に置いた。

「そりゃあ、おれよりこいつや娘のほうが苦しかったでしょう。だけど、このあっしだって悔しくて、悔しくてたまらなかったんです。人の女房と娘を……それをあの糞坊主……」

お久がはっとした目を亭主の茂蔵に向けた。おきいは唇を引き結んで泣きそうな顔をしている。

「あんな坊主は殺されて当然です。うちは檀家だからといって、なにも黙って我慢してることはなかったんだ。だけど、この宿場は狭い。女房と娘を坊主にいいようにされた男だという噂は立てられたくなかった。娘の世間体もあります。いまになって思えば、孝助を引き止めなきゃよかったと後悔しているぐらいです。だけど、もし止めなかったらあいつは罪人になる。そうなると、娘は罪人の女房だと白い目で見られる。正直、おれのこの手で絞め殺してやりたかったんです。おれの女房を元に戻せ、おれの娘を元に戻せと……そういって……」

ぐすんと洟《はなみず》をすすった茂蔵の目は真っ赤になっていた。

春斎は茂蔵からお久とおきいに目を向けた。

「二人はどうだ？　住職を殺したいほど憎んでいたか？」

「思い出したくもありません！」

お久は叫ぶように甲高《かんだか》い声をあげて顔を覆った。

「あの坊さんは人殺しです」

おきいが前垂れをぎゅっとにぎりしめたまま、つぶやくような声を漏らしてつづけた。

「孝助さんは身投げしたけど、そうさせたのはあの和尚です。殺されてあたりまえです。あんな坊さんはもっと早く殺されればよかったんです」

「すまねえな。おれがだらしなかったんだ。肩身の狭い思いをさせちまって……おれがなァ、おれがだらしねえからなァ」

そういった茂蔵はくるっと反転して座りなおすと、

「こんなときになんだが、お久、すまねえ。おれがもっとしっかりしてりゃよかったんだ。あの坊主の腹の内は薄々わかっちゃいたが、それなのにおれは黙って行ってこいといっちまった。あんなことといわなきゃ……すまねえ」

茂蔵は肩をふるわせてがっくりと頭を下げた。

「あんた……」

お久はびっくりしたような顔をしていた。この夫婦にあったよそよそしさが薄れた瞬間だった。

「おきい、おめえにも悪いことしちまった」

「…………」

おきいは謝る父親を黙って見つめていたが、目の縁を赤くしていた。

妙な聞き込みになったと思う春斎ではあるが、この三人への疑念は消えてしまった。もっとも念には念を入れなければならないので、

「住職を手をかけたのがおまえたちだとは思わぬが、昨夜はこの家から出てはいない、そのことに偽りはないな」

と、三人を順繰りに眺めた。

「そんな恐ろしいことはできません。おとっつぁんもおっかさんも、わたしも家から出ていません」

訴えるようにいったのはおきいだった。薄暗がりに立っているので、目がきらきらと外光をはじき返していた。

「そのことを知っている者はいるか?」

「隣のおじさんと宵五つごろ井戸で会いました」

「隣というのは？」

「古着屋です」

「うむ、また訪ねてくるかもしれぬが、邪魔をした」

春斎は立ちあがって、もう一言付け足した。

「死んだ孝助の実家はどこだ？」

「八王子道に入る手前に小田原屋という酒屋があります。そこです」

七

左門は、脱兎のごとく旅籠・小松屋を飛びだした。

春斎もそうであるが、他の八州廻りも定宿として使う旅籠である。左門は春斎が小松屋を訪ねる前に、念のためと思って新七を追う都合上、中津川勘助のことを訊ねたのだが、

「へえ、その方だと思うんですが、ほんの少し前に訪ねて見えました」

と、番頭がいったのである。それも小半刻もたっていないという。どっちに行ったと聞けば、平塚のほうだと番頭は答えた。

左門は街道を急ぎ足で歩いていた。すれ違う者たちの顔など見向きもせず、と

きに小走りになったりもした。

引地川《ひきじがわ》の橋をわたると、やがて辻堂《つじどう》の松並木となり、海の向こうに富士が見えるようになる。

日はまだ高い。蟬の声を聞いたのは松並木を歩くうちだった。

（ほう、蟬が鳴きはじめたか）

足を急がせながらのんびりしたことを思うが、目は前を行く旅人の背中を凝視していた。三人の行商人の姿があったのだ。その先の白っぽい道に人影はない。

松並木を抜けると、辺りの景色が開けてくる。水の張られた田圃には青々とした稲が植えられ、畑には里芋の畝《うね》が作ってあった。茄子《なす》や南瓜《かぼちゃ》畑も散見される。

小和田村《おわだむら》を過ぎ、茅ヶ崎村《ちがさきむら》に入る。立場茶屋が何軒かあったが、客はいなかった。浜からあがってきた漁師が道を横切ってゆく。

このあたりは半農半漁の村で、地引き網漁がさかんだった。

風が潮の匂いを運んできた。

左門はすでに汗だくで、背中と脇の辺りが黒いしみとなっていた。急いでいるので息があがっていた。それでも、中津川勘助に追いつくことはできない。

よもや追い越した者のなかに中津川はいなかった。それは確信している。

左門は前からやってきた荷駄を積んだ馬子と駕籠を見ると、立ち止まって肩を上下に動かして息を整えた。

「つかぬことを訊ねるが、一人歩きの浪人を見なかったか？　旅装束ではない男だ」

不意に声をかけられた馬子が目をぱちくりさせ、一度背後を振り返り、

「すぐこの先ですれ違ったお侍はいましたが……」

といった。

左門はそれだと思って、駆けるように歩きはじめた。この先には渡し船を使わなければわたれない馬入川《ばにゆうがわ》（相模川）がある。

（そこで追いつけるはずだ）

そう思っても先に渡し船に乗られたらことだと思うから、自然に足は速くなる。

しかし、中津川はまだ新七を見つけていないということだ。額の汗を手の甲でぬぐった左門は、憎々しげに空を見あげた。

渡船場に着いたのは、間もなくであった。一艘の舟が出たばかりで、対岸からまた一艘の舟が出ようとしていた。

船頭小屋のそばに茶店があった。左門は船を待つ客たちに目を光らせた。

（いた。やつだ）

中津川が葦簀の陰になっている床几に腰掛け、茶を飲んでいた。振り分け荷物を持たない、塵埃にまみれた羽織袴姿だ。

左門は荒れた息を整えながら、しばらく中津川を眺めた。聞いたとおりの男である。大きくて鋭い目、唇の薄い大きな口。総髪。間違いない。

「よいかな」

左門はわざとゆっくりと、中津川と同じ床几に腰をおろした。中津川はちらりと目を寄こしてきたが、なにもいわずに茶に口をつけ、日の光にきらめく川を眺めた。

「中津川勘助だな」

つぶやくように左門がいうと、中津川はギョッとなった顔を振り向けた。

「わしは松川左門という八州廻りだ」

中津川は息を止めた。

「なにを驚いている。ちょいと訊ねたいことがある」

そういった途端だった。いきなり中津川は左門を押し倒して、逃げた。

床几から転び落ちた左門は、すぐに立ちあがると中津川を追った。

中津川は街道へは向かわずに、川沿いの土手道を北へ駆けてゆく。突然の騒ぎに、船を待つ客が驚いていたが、左門の目は逃げる中津川の背中にあった。

（くそ、なんで逃げやがる）

腹の内で毒づいて、必死に手足を動かす。あっという間に汗が噴き出て、息があがった。草いきれと川の匂いがいっしょくたになって、鼻孔《びこう》に入ってくる。

「待て、待たぬか！」

声をかけると、中津川が振り返った。追いつかれると思ったのか、土手下に駆けおりてゆく。その先は畑だ。

「待て！」

もう一度声をかけたとき、中津川が足許を滑らせて、ごろごろと夏草の斜面を転がり落ち、大きな柳のそばで止まった。

「おい、なんで逃げる」

左門が土手をおりて近づいたとき、中津川が頰に草を貼りつけた顔で立ちあがった。

「来るな。来たら斬る」

そういいながら、中津川は刀を抜いていた。

第五章　宿場人足

一

「なぜ、逃げやがる」

左門は土手の斜面をゆっくりおりながら問いかけた。右手は刀の柄に添えている。汗が頬にしたたり、顎からするりと落ちる。

「来るな」

中津川は柳の大木の後ろに下がり、平坦な畦道に出て、刀を青眼に構えなおした。

「わしはおまえに聞きたいことがあるだけだ」

「なんだ？」

「新七を追っているようだが、なぜだ？」

中津川の目がくわっと見開かれた。

「……新七というのか」

「やつのことを知らぬのか？」

左門は足にからみつく雑草を踏みにじって、中津川と同じ畦道に出た。

「あいつはおれの財布を盗んで逃げている」

「財布だと……」

左門は間合いを詰めた。自分の影が中津川に近づく。刀の鯉口《こいぐち》を切って、いつでも抜けるようにした。

「そうだ」

「だったらなぜ、わしから逃げる？」

「…………」

中津川は薄い唇を引き結んで答えようとしない。それともなにかいいわけでも考えているのか。そんな目つきでもある。

「きさまはなにかやましいことでもしているのか？」

「黙れッ」

中津川は忙《せわ》しく目を動かしてまわりを見た。周囲に人影はない。

「刀を引け。無闇に斬り合うことはない」

左門は説得しようとしたが、無駄だった。中津川は地を蹴るなり、左門の首を刎《は》ねるように撃ち込んできた。

左門は下がりながら抜きざまの一刀で、中津川の刀をはねあげて、八相に構えた。だが、すぐに体勢を整えた中津川は、迅雷《じんらい》の突きを見舞ってくる。

左門はすりあげてから、脛を斬りにいった。中津川は後ろに飛びすさってかわす。

「わしは八州廻りだと名乗ったはずだ。それを知ってかかってくるなら、容赦はしねえ」

「ほざけッ」

中津川は腰を低くして、爪先で地面を噛みながら、じりじりと間合いを詰めてくる。よく日に焼けた顔にある双眸が血走っている。

日が雲に遮られ、辺りが暗くなった。ゆるやかに吹き流れる風が、左門の羽織の袖を揺らす。

「とあっ！」

中津川は裂帛の気合を発して、宙に舞った。

そのまま刀を大上段から振りおろしてくる。

左門は体を左にひねって、中津川の狙いを外し、そのまますばやく背後にまわりこんだ。中津川が着地したとき、左門は彼の背中にあっさり一太刀浴びせることができた。

しかしそうはせずに、振り下ろした刀をぴたりと、中津川の首の付け根にあてた。

中津川は背中を見せたまま、びくっと肩を動かしたが、あとは身動きもできなかった。

「刀を捨てろ。捨てなきゃ、このままてめえのそっ首を刎ねる」

いわれた中津川は躊躇《ためら》いを見せたが、刀を右手一本で持ち、そのままだらりと下げた。

「捨てろ」

中津川は小さなため息をついて、一間ほど先の草むらに刀を放った。

左門はそのまま、青葉を茂らせている柿の木の木陰に中津川を連れてゆき座らせた。

「世話をかけやがって……。もう一度聞くが、なぜ逃げた？」

左門は豆粒のような目で、中津川の大きな目を凝視する。

「それはおれが追われてるんじゃないかと思って……」

「すると、追われるようなことをしているということだな。いったいなにをしでかした？」

「品川の穂高屋《ほだかや》という店の亭主に頼まれたんです」

「なにを？」

「しつこくいちゃもんをつけてくる与太者がいるから、追い払ってくれと……。それで用心棒を請け負って、やってきた与太者二人を追い払ったんですが、一人が匕首《あいくち》で斬りかかってきたので、手首を斬り落としてやりました」

「ほう……」

「野郎たちがすっかり観念したんで、懐の金を巻きあげてやりました。そのうえ、穂高屋からも褒美金をもらったんです」

「だったら逃げることはないだろう。きさまは穂高屋を救ってやったんだから当然のことだ」

「そうはいかないんです。脅した二人の与太者は旗本の倅たちでして……それも、一人は町奉行の親戚だというんです。あとになって穂高屋にそのことを教えられ、手首を斬り落としたのならただじゃすまなくなるといいやがるんです」

——どういうことだ？

と、不安になった中津川が聞くと、

——脅すだけならたいしたことはなかったでしょうが、手首を斬り落としたのはよくありません。親だって黙ってはいないでしょう。ひょっとすると、中津川さんにお上の手がまわるかもしれません。

と、穂高屋は意外なことを口にした。

——なにを申すか。あやつらを追い払ってくれと頼んだのはきさまではないか。

——怪我をさせろとは申しませんでした。いやがらせをやめさせてくれればよかっただけですから。

穂高屋は逃げ口上をいって、中津川にしばらくは人目につかないようにしていたほうがいいと忠告をした。

「その旗本の倅たちはなぜ、穂高屋にいやがらせなどをしていたんだ？」

「穂高屋は古道具屋でして、二人組は店の壺を十両で買い取り、一儲けしようと思ったんですが、つかまされた壺が二束三文の贋物《にせもの》だったんです。それで腹を立てて、穂高屋にけちをつけ、商売の邪魔をしていたんです」

「くだらん。おぬしに落ち度はないではないか」

いってやると、中津川は目をぱちくりさせたあとで、救われたような顔をした。

「そう思ってくださいますか」

「ああ、おぬしに落ち度はない。話を聞くかぎりはな」

「新七って野郎の持ち去った財布には、やっと稼いだ金が入っています。なんとしてでも取り返さないと困るんです」

「ふむ……」

左門は草をちぎってくわえた。

「拙者には苦労をかけどおしの妻がおります。これで少しは楽をさせてやれると思っていたんですが、それができなくなった。だからなんとかして財布を取り返そうと思いまして……」

「財布にはいくら入っていた」

「十両ほどです」

「穂高屋からもらった金と、与太者の二人から巻きあげた金か」

「それだけではありませんが……」

「よし、それだったら新七を捕まえて取り返せばすむことだ。あいつの行き先はわかっておる。ついてこい」

「まことですか」

「嘘は申さぬ」

左門は尻を払って立ちあがった。

二

小松屋に荷をおろした春斎は、手甲脚絆を外し、しばし表の空を眺めていた。藤沢宿は海が近い。といっても、宿場まで潮の香は流れてこないようだ。それとも、潮風に鼻が慣れてしまい、わからなくなっているのか……。

頭の片隅で、そんなことを思ったが、すぐに長福寺の祐仙殺しの調べに思考は戻った。

祐仙を恨んでいたのは、茂蔵一家である。しかし、あの三人に疑わしきことはなかった。隣の古着屋の亭主が、茂蔵一家が事件の夜、家にいたことを証言したのだ。

（人を雇って……）

それも考えにあったが、よもや人殺しを頼むほどの金銭的な余裕はないと思われた。茂蔵一家は細々とした暮らしをしている。また、畳屋の商売が儲かっているとも思えなかった。

つぎに祐仙に遺恨を抱いていたのは、おきいの入り婿だった孝助の親兄弟ではないかと考えた。

しかし、それはまったくの見当違いだった。

孝助の父親は、境川に飛び込んで命を絶った倅のことを、

——命を粗末にしやがって……。まったくの馬鹿です。

と、祐仙を恨んでいる様子はなかった。

——いまさら悔やんだり悲しんでも浮かばれはしません。ただ、供養をしてやるだけです。長福寺は信用ならないんで、うちの墓に入れてやっているんです。

母親は茂蔵と話しあって、菩提寺の常光寺《じょうこうじ》で孝助を弔ってやったといった。

身投げの原因を知っているのかと訊ねると、二人とももちろん知っているが、祐仙和尚をいくら憎んだり恨んだりしても、孝助は帰ってきませんからと、肩をうなだれた。

——いまは、あいつの分まで生きてやろうと思っているんです。

そういったのは孝助の兄・孝吉《こうきち》だった。

自ら命を絶った孝助の死を悼《いた》みはするが、あえて祐仙に恨みは抱かない、それよりも残された自分たちがしっかり生きることだ、と残された家族は口を揃えるのだった。

それに、彼らには祐仙を殺すことができなかった。なぜなら、昨夜は近くの家で祝言があり、家族で祝いに行っており、夜が更けるころまで飲み食いをしていたからだ。

それを証明する者は一人や二人ではなかったから、もはや孝助の親兄弟の仕業とするのには無理があった。

（では、いったい誰が……）

春斎は空を舞っている鳶に目を向けた。そのとき、仲居が茶を運んできた。おさきという顔見知りの女だった。

「旦那、何月ぶりですかねえ」

おさきはいいながら、茶を差しだす。

「うむ、半年はたっているかな」

「やだ、もうそんなに。……旦那のことをときどき思いだすんですよ。他の八州さまはそうでもないけど、旦那はねえ」

おさきは「うふっ」と、色っぽい笑いを漏らす。おかめみたいな顔をしているので、まったく色っぽさを感じないのではあるが。それでも、屈託のない明るい人柄の年増だった。

「ほう、おれのことを思ってくれておったか、それは嬉しいことを……」

「だって旦那はあたし好みのいい男だし、ときどき……」

春斎は茶を口に運んだ。

「ときどきなんだ？」

「……旦那にさ、なにもかもあげてもいいと思うのよ。あたしみたいな女でも抱かれてみたいと思わせるのが旦那なんだから」

春斎はぷっと茶を噴きだしそうになった。

「いやだァ。ほんとのことですよ。その気になったら、旦那、あたしはいつでも……」

おさきはもじもじと、人さし指を自分の膝頭につけて錐《きり》のように回した。その顔はまっ赤になっている。直截《ちょくせつ》にいうわりには、うぶなところがあるのだ。しかし、おさきは飯盛女ではなかった。

「長福寺の祐仙和尚のことは知っているか？」

春斎はおさきに真顔を向けた。

「さっき聞きました。恐ろしいことです。旦那が調べているんでしょう。番頭さんがそんなことをいっていましたよ」

「畳屋の茂蔵のことは知っていると思うが、茂蔵と祐仙との関わりも聞いているか？」

部屋に案内した番頭には聞いていないことだった。

「少しは……」

そういって、祐仙が茂蔵の女房と娘に手をつけたことを口にした。この宿場ではそのことはすでに噂になっているようだ。

「すると孝助という婿養子が、なぜ死んだかも知っているというわけだ」

「そりゃあ、いっしょになったばかりの自分の女房に手をつけられちゃ、かないませんよ。だからって死ぬことはなかったのに……。でも坊さんも悪いことをするもんですね」

「ほかに同じような噂はなかっただろうか……」

「は……」

「祐仙に泣かされた女が、ほかにいないだろうかということだ」

「さあ、それは……」

おさきは首をかしげて、聞いていないといった。

話はそれで終わり、おさきが部屋を出てゆくと、春斎も差料を持って玄関に向かった。

「番頭、今夜になるか明日になるかわからぬが、松川殿が来ると思う。部屋をひとつ取っておいてくれるか」

「松川さまもおいでで……」

「頼んだぞ」

「へえへえ、承知いたしました。お気をつけて行ってらっしゃいませ」

小松屋を出た春斎は、問屋場に立ち寄って詰めている宿役人から新たなことがわかっていないか聞いたが、とくに進展はなかった。

「長福寺に詳しいのは常磐屋さんです。古い檀家ですからね」

問屋役がそういうので、春斎はもう一度、常磐屋嘉兵衛に会うことにした。

大鋸橋をわたり遊行寺坂下に向かう。どこからともなく蝉の声が聞こえてきた。春斎は「おや」と思って、遊行寺に聳える大銀杏《いちょう》を眺めた。

「ついに蟬が鳴きはじめたか……いよいよ夏であるな」

そんなことを一人でつぶやき、自分の影が濃くなっているのを見た。大地がじりじりと夏の日に焼けているのがわかる。

「ひょっとして八州さまですか?」

常磐屋から出てきた女中らしき女に声をかけると、そんな問いを返された。

「さようだ。嘉兵衛はいるか?」

「へえ、いるにはいるんですが、暗い顔をして居間でじぃっとしているというか、ぼうっとしていらっしゃいます」

「なにかあったのか?」

春斎は眉宇《びう》をひそめた。

女中は一度店の奥に視線を送ってから、声を低めた。

「女の人に逃げられたんです。いわないでくださいよ。旦那さんは、わたしたちにはないしょにしておきたかったようですから」

「女というのは?」

「それがよくわからないんですけど、十日ほど前から店に居ついて、旦那さんが匿っていたようなんです」

「嘉兵衛は、居間にいるのだな」

春斎は一度奥のほうを見てから女中に顔を戻した。

「はい」

三

女中がいったように、嘉兵衛は居間の濡れ縁のそばに座ってぼんやりしていた。

「嘉兵衛」

春斎が声をかけると、気の抜けたような顔をゆっくりと振り向けた。

「どうした？」

「へえ、ちょいと考え事をしておりまして……。どうぞおあがりになってください」

春斎はいざなわれるまま居間にあがって腰を据えた。

「なにかわかりましたか？」

「いや、まったくわからぬ」

「すると、人殺しがこの辺をうろついているかもしれないということですね。恐ろしいことです。和尚を殺すのが狙いだったのでしょうか、それとも金目当てだったのでしょうか」

「金を持ち去られているようだから、金目当てだったのかもしれぬ」

「そうでしたら罰当《ばちあ》たりなことです。坊主を殺せば七代祟《たた》ると申しますからね」

「この辺を荒らしている浮浪の者たちだったのかもしれぬ。おぬしはそんな者らのことを聞いておらぬか？」

「へえ、平塚だかどこかで、そんな賊の動きがあるとは聞いていますが、詳しいことはわかりませんで……」

「毒蜘蛛という名を聞いたことはないか？」

「毒蜘蛛、ですか？　それは賊の頭《かしら》の綽名《あだな》で……」

「そうかもしれぬが、はっきりしておらぬ」

「さあ、そんな名を耳にしたことはありませんね」

嘉兵衛はそういってから、ふうと気が抜けたように肩を落とす。

「殺された祐仙のことだが、他にも手をつけた女はいなかっただろうか……」

「さあ、それはどうでしょうか、聞いてはおりませんが、あの和尚のことですからねえ。ひょっとすると、寺の小僧さんが知っているかもしれません」

春斎はもう一度長福寺に足を運んでみようと思った。

「浮かぬ顔をしておるな」

春斎は嘉兵衛の冴えない顔を眺めた。女に逃げられたと聞いたばかりだが、そのことは黙っていた。

「そうですか。でも、なんだか張り合いがなくなりました」

「なにかがっかりすることでもあったか……」

嘉兵衛はため息をついて、そばにあった団扇《うちわ》を引き寄せてぱたぱたと煽《あお》いだ。目は表を飛んでいる蝶を追っている。

「見た目はそうでもないんですが、いい女だったんです」

しみじみとした口調で嘉兵衛がつぶやいた。

「十日ほど前の晩です。行き倒れそうになった女が水を飲ませてくれと、戸をたたいて訪ねてきたんです。髪が乱れていれば、着物もずいぶん汚れておりましてね。どうしたんだと聞けば、江戸から逃げてきたというんです」

「江戸から……」

「ひどい亭主から逃げるために、東海道を上ってきたといいます。ほうほうの体でしたから、この家に入れて飯を食わせてやり、行くところがないというので、泊めてやることにしたんですが……」

「ふむ」

「いい女なんです。……顔はまあ並みでしょうが、体つきがよいのですよ。醜女《しこめ》のくせに妙に色気のある女がたまにいるでしょう。そんな女なんですよ。へえ、わたしもまだあっちは元気ですから、つい手が出ちまいまして……」

　嘉兵衛はにやけた顔をする。

「それで懇《ねんご》ろになってしまったか」

「さようで……。わたしは女房を亡くして間がないんで火遊びというか、棚から牡丹餅《ぼたもち》といいますか、そんな按配だったんですが、向こうは気のあるようなことをいいます。そりゃあ悪い女じゃない。話をすればしっかりしてますから、様子を見て嫁にもらおうかなどと考えたんです」

　半分のろけ話のようだが、春斎は黙って聞いた。

　女の名はお島といい、神田の古着屋の女房だった。亭主の酒癖と暴力に耐えかねて逃げてきたらしい。

「そのお島という女はなにもいわずに出ていったのか？」

「いいえ、世話になった人たちが心配していると思うから、一度江戸に戻って挨拶をしてくるといいました」

「だったら待っておればよいだろう」

「帰ってきてくれればよいのですが、また悪い亭主に捕まりでもすれば、どうなるかわかりません。わたしはついていくといったんですがねえ。逃がした魚は大きいというではありませんか」

「嘉兵衛、おぬしはこんな立派な店の主ではないか。どんと腹を据えて待っておればよかろう」

「まったく旦那は他人事《ひとごと》だからそんなことがおっしゃれるんです」

「そのお島だが、昨夜のことは知っておるのか？」

「へえ、和尚が殺されたというのは、世話役の甚兵衛さんが知らせに来たときに聞いています」

「まさか、そのお島は和尚のことを知っていたと……」

「とんでもありません。お島が知るわけありません。ですが、一度和尚のことを話してやったことがあります。茂蔵さんの女房と娘がどうだこうだということですがね」

「ほう」

春斎は、この男は口が軽いと思った。

「話を聞いて、お島は他人事ながら悔しい、その和尚はこのままではきっとすまされないなどといいました」

嘉兵衛はふうと、ため息をついて弱々しく団扇を煽いだ。

「小室さま、小室さまはいらっしゃいますか」

春斎の名を呼びながら土間に現れた男がいた。問屋場の帳付だった。

「いかがいたした？」

「へえ、和尚を襲った賊を見た者がいるんです」

「なに……」

四

賊を見たというのは、長福寺の近所に住む百姓の倅だった。

「八州さまだ。おまえさんが見たまんまをお話しするんだ」

帳付の言葉に、太助《たすけ》という子供はこくんとうなずいた。年は十二歳で、きかん気の強そうな目をしていた。だが、春斎を見ると気圧《けお》されたようにうつむいた。

「太助と申すそうだな。なぜ、遅くに山の下などにいた」

春斎はしゃがんで太助の顔を正面から見た。

そこは長福寺の下の道で、遊行寺坂のそばだった。蟬の声が切れ切れに聞こえていた。日を追うごとにその声は多くなるはずだ。

「おとっつぁんに殴られそうになったから……」

「家を飛びだしていたのか」

うんと、太助はうなずく。

「なにか怒られることでもしたか？　まあ、それはよい。それでおまえは和尚を殺した賊を見たそうだが、ほんとうだな」

「多分……」

「そのときのことを教えてくれるか」

太助は日盛りの道に一度目を注いで、春斎に顔を戻した。

飯がまずいといって文句をいった太助は、いきなり父親に怒鳴られ、殴られそうになった。

「てめえに食わせる飯なんざねえ！　二度と生意気な口が利けねえようにしてやる」

父親は鉄拳を振りかざして、逃げる太助を追った。

太助は夜道を必死に駆けて、父親の追跡を振り切ると、長福寺に逃げ込んだが、寺の林が鬱蒼としているので怖くなり、山門を出て東海道をとぼとぼと戸塚のほうへ向かった。一里塚を過ぎた先にある松並木まで来ると足を止めた。

道端に地蔵堂があり、その脇に腰をおろしてぼんやりと夜空を眺めていた。夜道に人通りはなく、風の音が聞こえるだけだった。

半刻、また半刻と過ぎ、だんだん空腹を覚えてきた。

酒呑みのおとっつぁんが寝込んだあとで家に帰ればいいと思っていた。その前に帰れば、きっと殴られる。それが怖かった。

往還を慌てたように駆けてくる人影があったのは、宵五つを知らせる遊行寺の鐘が聞こえてしばらくしたときだった。太助はもしや父親ではないかと思い、息を殺し、身を縮めて松の木の陰に隠れた。

だが、やってきたのは父親ではなく、浪人の風体だった。それも三人。男たちは息を切らしていたが、

「この辺でいいだろう」

と、一人がいって立ち止まった。太助の隠れているすぐそばだった。

「もう、この刻限だ。人なんか通りっこない」

「ああ、追ってくるやつもいねえようだ」

「いくらあるか調べようじゃねえか」

三人は口々にいって、担いできた袋を道端に置いた。一人が蠟燭《ろうそく》をつけて、袋の中のものを数えはじめた。それは金だった。

木の陰でその様子を見ていた太助は、三人が金を盗んだ泥棒だと知り、見つかれば殺されると、新たな恐怖心に襲われた。

男たちは小半刻ほどかけて金を数えていた。太助に気づく様子もなかった。


「それでいくらあるといっていた？」

春斎は太助の話を遮って聞いた。

「小銭が多いけど、二、三百両はありそうだって、そんなことを……」

「その男たちの顔を見たか？」

太助はしっかりとは見ていないが、一人の顔は覚えているといった。

「こっちの眉のそばに、大きな黒子《ほくろ》があって、この辺りに傷がありました。頬がこけていて悪そうな顔だった」

黒子が右眉のそばにあり、右顎から耳にかけて傷があったという。

「他の二人の顔は？」

太助は首を横に振った。

「それで、そいつらはどっちへ行った？」

「戸塚のほうへ歩いていった」

「他になにか聞いておらぬか？」

「三十両ずつ自分たちのものにしようって一人がいうと、ばれたら毒蜘蛛の頭《かしら》が黙っていないって、でももう一人が、黙ってりゃわかりゃしないとか、そんなことを……」

春斎は目を瞠った。

「そいつらは毒蜘蛛の頭といったんだな」

太助は目をぱちくりさせてうなずいた。

春斎は、ようやく毒蜘蛛という街道荒らしの尻尾をつかんだと思った。

太助と別れると、長福寺に足を運んだ。本堂に七、八人の弔問客があり、小僧が経を読んでいた。線香が盛大に焚かれているので、本堂からその煙が表にも流れていた。

客の給仕のために庫裡と本堂を往き来している小坊主がいた。小僧の中では一番の年長者で、名を仙念《せんねん》といった。

春斎は渡り廊下を歩いていた仙念を呼び止めると、

「住職は女に手が早かったという噂だが、畳屋の女房・お久と、娘のおきいのことは存じておるな」

と聞いた。

仙念はどう答えたらよいか考える目つきをしてから、曖昧にうなずいた。

「住職が手をつけた女がほかにおるかもしれぬ。おまえは知らぬか。隠すことはない。もう住職は死んでいるし、住職の仇《かたき》を討ちたいと思うなら正直に話せ」

仙念は紅を塗ったような赤い唇を小さく噛んで、

「長く懇《ねんご》ろにしていた人がいました」

と、蚊の鳴くような声を漏らした。

「誰だ?」

「常磐屋のおかみさんのお吉《きち》さんです」

「なんだと」

春斎は片眉をつりあげて驚いた。半年前に死んだ嘉兵衛の女房である。

「そのほかには？」

「わたしが知るかぎり、他の方とはなにもなかったはずです。もっとも、わたしがこの寺に入る前のことはわかりませんが……」

「おまえが寺に入ったのはいつだ？」

「八つのときですから、十一年前です」

「常磐屋のお吉とはいつから……」

「三年ほど前からでした」

風に騒ぐ竹林に目を注いでから寺を出た春斎は、街道に出ると藤沢に背を向け、戸塚宿に足を進めた。

藤沢に入る前の戸塚宿で、平塚宿の油屋・長門屋が襲われた一件について話を聞いていたが、それは大ざっぱなものでしかなかった。事件が二月前ということもあり、さほど詳しい話が聞けなかったからである。

しかし、長福寺の住職殺しが毒蜘蛛一味の仕業とわかったいま、詳しく調べる必要性を感じていた。今夜は無理だが、明日は平塚に行かなければならない。しかしその前に、戸塚方面へ逃げた賊の足取りをつかんでおきたかった。

戸塚まではおよそ二里の距離である。場合によっては泊まることになるかもしれないが、調べを終えたら藤沢宿に戻ってくる心づもりだった。

日が傾きはじめており、街道の松並木が西日に染まりはじめていた。

五

夕日をはじく海は黄金色に輝き、ゆるやかに波打っていた。真砂《まさご》を洗う波が、ざあっと打ち寄せてきては、ゆっくり引いていった。

餌を求める海鳥たちが、その浜辺に集まっていた。

中津川勘助をともなっている左門は、平塚宿本陣のある東仲町《ひがしなかまち》から海沿いに進み、松林を抜けたところだった。

「あれがそうだろう」

少し先に小さなあばら屋があった。二、三十間の距離を置いて、二軒の同じような家がある。土庇《どびさし》が傾き、苫葺《とまぶ》き屋根に石が載せてあった。

「おれが話をする。おぬしは黙っておれ」

左門は中津川に釘を刺して、戸口に立った。

板敷きの間で、新七が母親と妹のお民《たみ》といっしょに茶を飲んでいるところだった。

「新七だな」

左門の突然の声に、新七の顔がにわかに硬くなっていった。

「おれは松川左門という八州廻りだ。おぬしにいくつか訊ねたきことがある。邪魔をする」

そういって敷居をまたぎかけたとき、新七が敏捷《びんしょう》に立ちあがって、裏の勝手口まで駆けて、表に飛びだした。

「待て！」

左門は、突然の騒ぎに目をまるくしている新七の母親と妹を横目に追いかけた。

表に出ると、脇の砂場からまわりこんだ中津川が新七に迫っていた。新七は怯えた顔で背後を振り返りながら逃げてゆくが、中津川の足が速い。

「待ちやがれッ！」

中津川は新七に飛びかかって、後ろ襟をつかんで引き倒した。そのまま馬乗りになると、ガツンと新七の頬桁《ほおげた》を殴りつけ、

「やい、拙者の財布を返せ」

と、首を締めつけた。新七の顔が苦痛にゆがむ。

ている。

左門が割って入って、新七と中津川を離した。二人ともぜえぜえと肩で息をしている。

左門は半身を起こした新七の前にしゃがんで、襟をつかんだ。

「どうして逃げる？」

「こ、怖かったからです」

「なにがだ？　たしかにおれは下駄面で人相はよくねえ。だが鬼ではない」

「おい、おれの財布はどうした」

中津川が詰め寄る。左門は片手をあげて、それを制した。

「この男は中津川勘助という。財布を拾ったそうだな」

「持ち逃げするつもりはなかったんですが、斬られるかもしれないと思いまして……財布はあります。ここにちゃんと持っています。お返ししますので、どうかご勘弁を」

新七は慌てて帯の間にたくし込んでいた財布を取り出して差し出した。中津川はそれをひったくるように受け取り中身をあらためた。

「使っていません。お金はそのままそっくりあります」

怯えた顔でいう新七は、生きた心地がしないのか、体をふるわせていた。

「どうだ？」

左門が中津川を見ると、

「あります。くそ、世話をかけさせやがって……」

と、ようやく安堵の色を顔に浮かべた。

「金は戻ってきたんだ。勘弁してやれ」

左門はそういってから、新七に聞くことがあるといって立たせた。

訊問は、家では母親と妹がいるのでまずいだろうと思った。その二人が、心配そうな顔をして家の表に立っていた。

「品川の煎餅屋のことでしょうか？」

新七は泣きそうな顔をしている。

「それもある。とにかくこんなところじゃ話はできん」

左門は逃げられないように、しっかり新七の帯をつかんで宿場のほうに歩かせた。

「心配するな。話を聞いたら一度帰してやる」

左門は新七の母親と妹に声をかけて、宿場に向かった。

平塚の往還は広く、道幅は六間ほどあった。夕暮れの宿場町を旅人や行商人たちが忙しく行き交い、旅籠の客引きが、

「お泊まりはこちらへ、お泊まりはこちらへ」

と声をかけている。夕暮れ時分になると、どこの宿場でも見られるおなじみの光景だった。留女《とめおんな》と呼ばれる客引きは、旅人と見ると袖を引っ張ったりする。

「それじゃ煎餅屋のお菊は、その二人組に殺されたというのか？　いい加減なことをいってるんじゃないだろうな」

茶店の片隅で話を聞く左門は、新七の顔に穴があくのではないかというほど、小さな目を光らせて凝視する。

「嘘じゃありません。わたしはその男たちに殴り倒されて、頭がぼうっとしていたんです。でも、男たちにお菊さんを殺すつもりはなかったようです。過って首を絞めたようで、それで慌てていました」

「おまえはそばで気を失っていたのか？」

「すっかりではありませんが、男たちはそう思ったようです」

新七は、自分は意識が朦朧としていたのだと強調した。

「そいつらの顔を見たか？」

「暗くてよくわかりませんでした。お互いに名を呼び合ったりもしませんでしたから……」

「お菊が殺されていたのに、なぜおまえはそのまま逃げたりした。自分がやったのでなければ、正直に訴え出ればよかったのだ」

「そうしようかと思いました。でも、わたしが下手人だと思われたら……そのことを考えると怖くなったんです。でも、わたしではありません。そんな恐ろしいことなど、できるわけがありません。お菊さんはわたしを匿ってくれた恩人だったのですから」

新七は涙を流した。

「泣くな。おまえは男なんだ」

「……はい」

新七は袖で涙をぬぐった。

「品川の煎餅屋のことはひとまず置いておくが、おまえにはもうひとつ聞かなきゃならねえことがある。奉公先の伊東屋が襲われたのは知っているか？」

訊問をつづける左門は、新七の表情の変化ひとつ見逃がさないという目つきである。新七は一瞬呆気に取られた顔をして、金魚のように口をぱくぱく動かした。

「店が襲われたって誰にです？」

新七は問い返してきた。

「わかってりゃ世話ない。町方が必死になって賊を探しているところだ。おまえはほんとうに知らないんだな」

「知りません。いま初めて聞いて……でも旦那さんやおかみさんや他の人たちはどうなったんです？　ご無事なんですか？」

新七は血の気をなくした顔になった。

左門はその新七を見つめながら、伊東屋がどんな被害にあい、誰が殺されたかを話した。

「主の安兵衛も背中に一太刀浴びせられて殺されかけたが、さいわい神田川に落ちて命拾いしている」

「そんな、恐ろしいことが……おかみさんや息子の清作《せいさく》さんも……ほ、ほんとうのことですか」

「おれが嘘をいってどうなる。殺されたのは九人だ。おまえが年季明けの祝いで休みをもらって店を出た夜に起きたことだ。その日のことを詳しく話してもらおうか」

新七は衝撃を受けているのか、しばらく黙り込んでいた。それともなにかいいわけを考えているのか……。

だが、左門は新七の目を見て、この男はなにもやっていないとほぼ確信していた。人を殺《あや》められるような目の色をしていないし、そんな度胸があるとも到底思えなかった。

「どうした？　話せ」

左門の催促で、新七は我に返ったようだった。それからとつとつとだが、休みをもらって店を出てからのことを話していった。

心を通わせあっている鰻屋の娘・美代に実家に帰ることを告げた新七は、その足で東海道を上るために日本橋へ向かったが、久しぶりの開放感を味わった気のゆるみで岡場所に繰り出している。

その後、品川で中津川の財布を拾って追いかけられていたところを、お多福という煎餅屋のお菊に助けられたと話した。

そのあとのことはすでに聞いたことだった。

「おまえがあがったという女郎屋には、調べを入れなきゃならねえな。それから品川に戻って、おまえが見たこと聞いたことを、洗いざらい話さなきゃならねえ」

「誰にです?」

「町方に決まっている。いまごろ必死になって手掛かりを探しているはずだ。おまえの仕業でなかったら、すでに下手人は捕まっているかもしれねえが……」

「あの、品川にはいつ?」

「これからだ。いいか、おまえには殺しの疑いがかけられているんだ。それを忘れるな」

「あの、明日じゃだめですか」

「だめだ」

左門はかぶりを振ってから言葉を足した。

「おまえのおっかさんにはうまく話すんだ。体を悪くしているようだから、余計な心配をかけぬように自分で考えて話せ」

新七はがっくりうなだれて、

「わたしは、とんでもないことに巻き込まれているんですね」

と、すっかり悄気《しょげ》た顔をした。

六

すでに辺りは夕靄に包まれていた。わずかに日の名残のある空を、数羽の鴉《からす》が鳴きながら山のほうへ飛んでいった。

左門と中津川は新七の家の戸口前で、暮れゆく空を眺めていた。家の中から新七と母親、それからお民という妹の声が聞こえていた。

「そんなひどいことに……」

「でも、おっかさん、わたしはやっていないんだ。これだけは信じておくれ」

「わたしも兄さんがやったとは思わないわ。大丈夫よ。死んだおとっつぁんも、雲の上から兄さんを守ってくれるわよ」

お民が新七を勇気づけるようなことをいう。

左門は心配をかけるような話はしないほうがよいといったが、新七は言葉を繕《つくろ》うことなく、正直に打ち明けていた。

「すまないなおっかさん、やっと帰ってきたっていうのに、こんなことになってしまって……。でも、体を大事にしておくれよ。お礼奉公が終われば、また帰ってこられるからね。そのときを楽しみにしていておくれ」

「わかったよ。まずはおまえの疑いを晴らすのが先だ。わたしゃ決してあんたがやったとは思っていないし、そんなことをするおまえじゃないというのはわかっているよ」

「お役人にしっかり話をするよ。正直にいえばきっとわかってもらえるはずだから……」

「達者でな」

「おっかさんも……。お民、おまえも大変だが、おっかさんのこと頼むよ」

「そのことだったら心配しないで、わたしがちゃんと治してみせるから。いつまでも患《わずら》っていられたら、わたしだって困るじゃない」

ぐすんと洟《はなみず》をすすったお民は、精いっぱいの笑みを浮かべて新七を見た。

「それじゃ、行ってくるよ」

新七は母親とお民に深々と頭を下げると、そのまま表に出てきた。

「もういいのか……」

左門が聞くと、新七は「ええ」と短く応じた。

「それじゃ行くか」

左門のあとに新七がしたがった。そばには中津川もいる。

「新七、必ず戻ってくるんだよ」

背後から母親の声が追いかけてきた。

新七が振り返ると、母親は胸の前で拝むように両手を合わせていた。その母親を庇うようにお民が立っている。

「きっと帰ってきます」

新七は声を返したが、涙声になっていた。

「八州さま、八州さま……」

呼んだのはお民だった。左門は振り返った。

「兄さんを、兄さんを救ってください。兄さんを助けてください」

悲鳴のような願いだった。左門は小さくうなずいた。

「兄さんは悪いことをする人じゃありません。八州さまお願いです。兄さんを信じてやってください！　お願いです！　お願いです……」

お民の必死の声に左門は胸を打たれた。思わず目頭が熱くなった。

「新七、いい妹さんとおっかさんだな」

「……はい」

「二人のためにも疑いを晴らさなきゃな」

「はい」

三人はそのまま松林の小径《こみち》を抜けて、街道に出た。

さきほどまで西日に染められていた宿場は、すっかり闇に抱かれていた。空には星が浮かび月が出ていた。

「今夜は藤沢に泊まる。明日は神奈川あたりで一泊する」

左門はこれからのことを口にした。

「新七、おれはおまえのせいで、いらぬ道草を食い、いらぬ金を使っている。旅籠賃はおまえが持つんだ」

中津川が憤然とした顔でいう。

「あ、はい」

新七は肩をすぼめて了解する。

「それにしてもここまでおまえを追わなきゃならなかったとは、まったく思いもよらぬことだった。くたびれただけで、なんの得もしていない。いやいや、損のしどおしだ」

苦言を呈する中津川に、新七はしゅんとして黙り込むしかない。

「財布が返ってきたんだ。もうその辺にしておけ。それに落とすほうにも落ち度はあるんだ。そうではないか」

左門がそういうと、中津川は口をへの字に曲げてそっぽを向いた。

「それにしてもよくここまで追ってきたもんだ。それには感心するしかない」

「そりゃ大事な金ですからね。意地にもなっていましたが……」

中津川の言葉に、左門はふふふと短く笑った。

「おい新七、おれをどこでまいた」

しばらくして中津川が口を開いた。

「藤沢に入ってからです。中津川さまが、旅籠を虱潰しに訪ねて、わたしのことを聞いてまわられていると知って、その隙に……」

「すると、おれがどこまで追ってきていたかを知っていたということか……」

「はい。斬り殺されてはかなわないと思っていましたから、わたしも必死だったんです」

「まったくあきれたやつだ」

「そういうおぬしも、おれから見ればあきれたやつだ」

左門が茶化すようにいうと、中津川は「へっ」と、首をすくめた。

「寄り道をしなければならぬので、少し急ぐぞ。無駄話は藤沢に着いてからにしろ」

左門はそういって足を速めた。一月前に賊の被害にあった長門屋という油屋で、聞き込みをするつもりだった。

七

「それはまた大変なことが起きていますね」

四軒目に訪ねた旅籠の主が、眉を上下させて驚いた。

「賊は坊主殺しだ。放ってはおけぬ。もし、かような男どもを見かけたら問屋場に知らせてくれ。おれはしばらく問屋場にいる」

春斎はそういいおいて、問屋場に引き返した。

戸塚に入った春斎は、祐仙を殺し、金を盗んだ賊三人を探すために、宿場内にある旅籠や煮売り屋などを虱潰しにあたっていた。とても一人の手では負えないので、問屋場の人間を三人借りている。

戸塚宿の問屋場には問屋役三人、年寄九人、帳付十人、馬指十二人が交代で詰めている。探索に借りだしたのは人足指一人に年寄二人だった。年寄といっても、老人ではない。問屋役の補佐をする者で、二十代もいれば、四十代もいるといった按配である。

「どうだ？」

問屋場に戻るなり、詰めている者たちに聞いた。

誰もが首を横に振る。

「坊さんを殺して金を盗むなんて罰当たりなことを……。そんな野郎どもは晒し首にしても許せませんよ。どうぞ」

三十代の年寄がそんなことをいって、冷や水を出してくれた。春斎は一気にあおって喉を潤した。夜の問屋場は静かである。

春斎は腕に止まった蚊をたたきつぶして、表道に視線を投げた。三人の賊は平塚よりも先に行ったのかもしれない。

しかし、金袋を手分けして持ったとしても、軽くはない。そう遠くへは行っていないはずだ。それに急に懐が暖かくなった男たちは、気が大きくなり、女を買ったり酒を浴びるほど呑んだりと贅沢をするのが相場だ。昨夜の賊もそんなことをしていると考えられた。

「今度やったら、おまえはこの宿場から追い出すしかない。いくら頭を下げて謝っても、泥を塗ったことに変わりはないんだ。よく心得ておくんだ。まったく……」

そんな声に気づいた春斎が座敷の隅を見ると、一人の人足が問屋役の前でうなだれている。

「よりによって八州廻りの旦那がいらっしゃるというのに……」

問屋に叱られた人足が、驚いたように春斎に目を向けてきた。

「どうしたんだ？」

春斎が聞くと、冷や水を出してくれた年寄が答えた。

「無宿者を勝手に泊めて、金も取らずに荷駄を運んだ挙げ句、代金を取るどころか請われて心付けを渡したんです。人がよいといえばそれまでですが、金は問屋場のものですから、厳しく叱りつけているんです」

「無宿者を……」

「へえ」

春斎は人足を見た。

「無宿者はどこからやってきた者だ？」

「留吉《とめきち》、八州さまだ。正直に答えろ」

問屋にいわれた留吉は、無宿者は三島から来たらしいといった。

「それで、やつらはどこへ行った？」

「江戸へ行くといってました。二人連れだったんですが、一人がひどく腹を下しておりまして、おまけに途中で追い剝ぎにあったといいますから……」

「見るに見かねて世話をしたということか」

「へえ」

　留吉という人足はぺこりと頭を下げる。

「八州さまは、坊さん殺しの賊を探していらっしゃる。三人連れだそうだ。寺から金まで盗んでいるというから、不届きも甚だしい。そんな賊を見つけたら、すぐに知らせるんだ。今日は帰っていい」

　問屋役にいわれた留吉は肩をすぼめ、背を丸めて問屋場を出ていった。

「まったく、一度ならまだしもこれで二度目ですからね」

　ぼやくようにいう問屋役は、煙管をつかんで火をつけた。

「人のいい男なんだろう……」

　春斎も煙草入れを出した。

　平塚宿には七十軒の旅籠がある。全部の聞き込みが終わるまでは、しばらく時間がかかりそうだった。もっとも、見つけたという知らせが早く来ることを望んではいるが。

春斎は煙管を吸いつけて、紫煙を吐いた。

問屋役から説教を受けた留吉は、気も漫《そぞ》ろだった。

（八州廻りか……）

これはまずいことになったと思っていた。問屋場の人間も駆りだして、仲間を探しているという。早く知らせなければとんでもないことになると、心を騒がせていた。

暗い夜道を急ぐ留吉は、江戸見附に近い旅籠を目指した。宿場のあちこちからにぎやかな声が聞こえてくる。夕餉時分だから、旅籠の客が飲み食いしていい気持ちになっているのだ。

野良犬が道を横切ってゆき、近所の職人が小さな居酒屋から出てきた。

留吉は目もくれずに歩き、一軒の旅籠屋の裏にまわると、勝手口から入って狭い階段を駆けあがった。

「孫市《まごいち》さん、留吉です」

階段脇にある部屋の前で声をかけると、障子がすうっと開き、孫市と恵三郎《けいざぶろう》という仲間の顔が見えた。

「大変です。八州廻りが三人組を探してます。ひょっとすると孫市さんたちのことじゃねえかと思って……」

「なんだと？」

孫市はつかんでいた銚子を盆に戻した。右眉のそばに大きな黒子のある男で、顎に蠍《さそり》のような形をした古傷があった。

「藤沢で坊主殺しがあったそうで……」

留吉はゴクッと生つばを呑んだ。

孫市と恵三郎は顔を見合わせた。

「八州の野郎はどこにいる？」

「問屋場です。みんなで手分けして、旅籠やこの宿場の店を探しているところです」

「まずいな。相手が八州廻りなら面倒だ」

孫市が恵三郎を見る。

「どうする？」

「乙次郎《おとじろう》は先にやったからかまうことはねえだろう」

「だが、おれたちのことを嗅ぎつけられちゃまずい。留吉、その八州廻りは一人か？　それとも番太でもつけているか？」

「いいえ、番太も小者もいません」

孫市は酒で濡れた唇を指先でなぞって、宙の一点を見据えた。

番太とは八州廻りが巡廻する村々で手先となったり、下ばたらきをする村の雇《やとい》人《にん》のことである。

「恵三郎、相手は一人だ。かまうこたァねえだろう」

「殺《や》っちまうっていうのか……」

「そうしたほうがいい」

そういった孫市を見た留吉は、尻の穴がむずむずした。恐怖を紛らすために、窓際の障子を開けて表を見たとき、問屋場に駆け戻る男の姿が見えた。

瞬間、留吉ははっとなって、孫市と恵三郎を見た。

「孫さん、問屋場の年寄が気づいたかもしれません。この旅籠を出て駆け戻っていきます」

いわれた孫市と恵三郎は、同時に差料を引き寄せた。

第六章　蟬の声

一

「江戸見附に一番近い武蔵屋《むさしや》という旅籠です」

駆け戻ってきた年寄の知らせに、問屋場は騒然となった。

「いまもいるのだな」

春斎は表情を厳しくして聞く。

「いいえ、昨夜飯盛女をあげてさんざん騒いだそうですが、一人は今朝旅籠を出ていったそうです。なんでも大きな袋を担いでいたといいます」

「人相はどうだ？」

「そこまでは聞いておりません」

春斎はさっと表を見た。人違いということもある。

「よし、おまえたちは聞き込みをつづけてくれ。おれがたしかめに行ってくる」

春斎はそういおいて往還に出た。

宿場を貫く道には、両側に並ぶ旅籠屋や飲み屋の明かりが黄色い帯を作っていた。

もし、相手が祐仙殺しの賊であれば、それはつまり毒蜘蛛と呼ばれる賊の一味である。ここは慎重に動くべきだった。

それにしても、榊原小兵衛から命令を受けたとき、被害が頻出していると聞いたが、実際やってきてみると、そうでもない。

二月前に、平塚宿の油屋が襲われたという程度である。それに毒蜘蛛という名を知っている者が少ない。

在所から奉行や代官に訴え出るときは、往々にして大袈裟に伝えられる。今回もその例に漏れないのかもしれない。

しかしながら、藤沢で祐仙殺しが起きて、寺の金が盗まれたのは事実である。それも毒蜘蛛一味の仕業とわかっている。

武蔵屋という旅籠の前に来た。春斎は一度二階の客間に目を注いで、玄関から入った。帳場に座っていた番頭が、風貌と雰囲気でわかったのか、

「八州さまでございましょうか？」

と、訊ねてきた。

「うむ。おるのか？」

「怖いんで客間には行っておりませんが、出かけた様子はありません。部屋は二階の一番奥です。裏の勝手に出る階段のそばですからすぐにわかります」

「騒ぎは起こしたくない。いつものようにしておれ」

春斎と番頭のやり取りを、暖簾の隙間から覗き見ている女中の顔があった。帳場の奥にも禿げた男が気が気でなさそうな顔で座っていた。

春斎は草鞋を脱ぐと、足音を消しながら階段をあがり、教えられた部屋に向かった。客間のそこかしこから、楽しそうな笑い声や、話し声が聞こえてきた。

目的の部屋の前に来ると、耳を澄まして気配を感じ取ろうとしたが、春斎は眉宇をひそめた。そっと障子の桟に手をかけ、

「失礼いたす」

といって障子を開けたが、そこには誰もいなかった。

とっさに背後を振り返り、そばの階段下を見た。半開きになった戸が、ぱたんぱたんと音を立てて開閉していた。

チッと舌打ちをしたが、賊はまだ遠くへは逃げていないはずだ。春斎は廊下を

駆け、階段を慌ただしくおり、手際よく草鞋を履きなおした。

街道に出たが、賊の姿はどこにも見えない。不安そうな顔でそばに立った番頭に、賊の一人の人相をいうと、

「はい、その人はいました。顎の辺りに、恐ろしげな古傷がありましてね。女中が怖い怖いといっていました。大きな黒子も眉のそばにありました」

という。

まちがいない。祐仙を殺した賊は、その足でこの宿場にやってきてどんちゃん騒ぎをやり、今夜も羽根をのばしていたのだ。しかし、一人は今朝発ったという。おそらくその男は、金の運び役だったのだろう。

賊たちは保土ヶ谷のほうへ逃げたのか、それとも街道からそれ、村に逃げたのか……。

(賊はどこに逃げた？　どこにひそんでおる？)

左右に視線を飛ばす春斎は、夜空をあおいだ。星も月もあるが、夜に変わりはない。林や山に逃げられたら闇が邪魔をして探すのは無理だ。

春斎は武蔵屋に戻ると、三人の賊に給仕をした女中や、飯盛女たちから話を聞いた。

そこでわかったのが、太助という少年の見た男は孫市といい、小太りが恵三郎、二十代半ばの色白の男が乙次郎ということだった。

「三人とも無宿人ふうでしたが、気前はよかったですよ」

賊に買われた飯盛女はそんなことをいった。

しかしながら賊の行方をつかむことはできなかった。いったん問屋場に戻った春斎は、武蔵屋で聞いた三人の人相を話して、高札場に触れを出すように指図をし、提灯を借りて藤沢に引き返すことにした。

すでに夜の闇は深かったが、左門と合流したかった。宿に戻り、左門に賊の件を伝えなければならない。

宿場を外れると、急に闇の濃さが際立った。それでも星明りと月明りに、街道が白く浮かびあがっている。藤沢までは上り下りの坂道が多い。

春斎は提灯を持ったまま、歩速を保って歩いた。もっとも疲れない歩き方である。旅人は日に八里から十里は歩くが、春斎は八里を旨としていた。

背後に人の気配を感じたのは、吹きあげの坂を上って原宿村《はらじゆくむら》に入ったときだった。だが、その気配はすぐに消えた。獣だったのかもしれない。

北のほうに八幡山が黒く象《かたど》られていて、天蓋には数え切れないほどの星たちがきらめいていた。吹きあげてくる風が、春斎の乱れた髪を揺らし、袴をはためかせた。

梟の声がしたとき、またもや人の気配を感じた。と、同時にタッタッタと駆ける足音が耳に飛び込んできた。

春斎はさっと背後を振り返って、提灯を高くかざした。

羽を広げた蝙蝠《こうもり》のような黒い影が、すぐそこに迫っていた。それは月光をはじく刀を閃かせていた。

二

春斎は斬り込んでくる男めがけて、提灯をぶつけるように投げると、すばやく飛びすさって抜刀した。

道に落ちた提灯が、ぼっと音を立てて燃えあがり、襲撃者の顔を照らした。

「や、きさまは……」

鷹のように双眸を光らせた春斎には、それが毒蜘蛛一味の孫市だとわかった。なによりも顎の古傷と右目横の黒子が、それを物語っていた。さらにもう一人いるが、これは太った体つきから恵三郎だろう。

「八州廻り、おれたちを探していたようだな。だが、てめえはここで年貢を納めることになる」

孫市が八相に構えて、じりじりと間合いを詰めてくる。

恵三郎が春斎の後ろにまわり込むために、大きく間合いを取って横に動く。

「長福寺の住職を殺し、金を盗んだのはきさまらだな。悪事は必ずやどこかで漏れるもの。きさまらを見ていた者がいたのだ」

春斎は落ち着き払っている。

「なんだと……」

「なんのために和尚を殺した？　金を盗むためか？」

「ふん、そんなこたァ、てめえにゃ関わりのねえことだ」

「きさまの名は孫市……そして、きさまは恵三郎というらしいな」

春斎に名を呼ばれた二人は、一瞬虚をつかれた顔をした。

「二人とも毒蜘蛛の一味であろう。毒蜘蛛とはどんなやつだ？」

「七面倒《しちめんど》くせえことをいいやがる」

「殺されるのが怖いか。よくしゃべる野郎だ」

横にまわっている恵三郎がいった。

「きさまらには腐るほど聞きたいことがあるのでな」

春斎は自ら仕掛けようと思わなかった。斬るとしても、二人のうち一人は生かしておきたかった。

燃える提灯が風に吹かれて、一際強い炎をあげた。

孫市が地を蹴り、正面から斬りかかってきた。春斎は軽くいなすと同時に、五《ご》郎入道正宗《ろうにゅうどうまさむね》をうならせた。

直後、孫市の手首が宙高くはねあげられ、血の条《すじ》を引いてぼとりと落ちた。

「あ……」

右手首をなくした孫市は、呆気に取られた顔をした。あまりにもきれいに切断されたので、痛みを感じなかったのだ。しかし、それも束の間のことで、地面に落ちた自分の手首を見ると、さきほどの強がりはどこへやら、

「ぎゃあー！　お、おれの、おれのぅ……」

うめくようにいって片膝をついた。

切断された腕の先から血が迸《ほとばし》るようにあふれていた。

春斎の背後にまわろうとしていた恵三郎は、戸惑っていた。しかし、さっと春斎に剣尖を向けられると、歯軋《はぎし》りをするような顔で撃ちかかってきた。

刀を持つ手にあまりにも力が入っているので、その動きはあきれるほどのろく見えた。春斎は右に体を開きながら、足払いをかけ、恵三郎の背中が見えると、素早く返した刀の棟《むね》で、左肩を撃ち砕いた。

「うぐッ……」

うめいた恵三郎の左腕がだらりと下に垂れ、右手一本で持った刀を振りかぶってきた。春斎はやはり棟を返したまま脾腹《ひばら》を撃ちたたいた。

どすっと鈍い音がして、恵三郎は大地に倒れ伏した。

それを見た孫市が必死の形相で斬りかかってきた。これも片手である。春斎は迷わず、逆袈裟に斬りあげた。

「うぎゃあ！」

孫市は夜のしじまに、絶叫をまき散らしてへなへなとくずおれて倒れた。春斎はそんな孫市には目もくれずに、気絶している恵三郎のそばに行き、片膝をついた。

「目を覚ますんだ」

背中に活《かつ》を入れると、恵三郎は目を覚ました。だが、すぐに肩と脾腹の辺りの痛みを感じたらしく、顔をしかめて苦しそうな声を漏らした。

た。

「死にはしない。聞くことに答えるんだ」

髷を乱暴につかんで顔をあげさせた。提灯が燃え尽きて、その顔が暗くなった。

「まずは祐仙を殺した狙いを話すんだ」

「…………」

恵三郎は苦しそうにうめくだけだった。

「いえ、いわねば今度こそ、その首を刎ねる。脅しだと思うな」

春斎は刀を恵三郎の首にぴたりとあてた。

恵三郎は凍りついたように表情をなくした。と、その顔が突如、苦悶にゆがんだと思ったら、そのまま春斎にもたれるように倒れてきた。

その背中に脇差が突き刺さっていた。春斎ははっとなって孫市を見た。人を小馬鹿にしたような薄笑いを口の端に浮かべていたが、孫市はそこでぐったりと事切れてしまった。

春斎はため息をついて立ちあがるしかなかった。これからのことを考えなければならなかったが、まずは藤沢に戻るのが先である。

春斎は街道にふたつの骸《むくろ》を残したまま夜道に足を進めた。

三

暗闇の遊行寺坂を下りたとき、一軒の商家の戸口から黄色い光が道に漏れていた。ぽつんとそこに立っている男がいた。

商家は米問屋の常磐屋である。春斎は眉宇をひそめて、表に立つ男に目を凝らした。

(嘉兵衛……)

心中でつぶやきを漏らして足を進めると、嘉兵衛も気づいたようだ。

「こんな夜更けにどちらへ……」

「おまえこそ、なにをしている?」

「お島を待っているんです」

「帰ってくるという連絡でもあったのか?」

「いえ、ひょっとすると心変わりをして帰ってくるかもしれないと思いまして……」

春斎は自分がやってきた街道を振り返った。

「こんな遅くに来はしないだろう。それに相手は女だ」

「そうかもしれませんが……。お島の亭主はひどい男です。もし江戸に戻って見つかってしまえば、またひどい目にあうかもしれません。そんなことを恐れて帰ってくるんじゃないかと……」

春斎はご苦労なことだと、あきれる。

「お島がうちにやってきたときも、夜も遅い時刻でした。ほうほうの体《てい》でわたしの店の戸をたたいて、水を飲ませてくれと……。ですから、またそんな時刻に来やしないかと思うんです」

「よほど、お島に入れあげてしまったようだな」

「そりゃ、ま……」

嘉兵衛は年甲斐もなく、照れたようにうつむき、言葉をついだ。

「とにかくお島はひどい目にあっているんです。普段は着物を着ているのでわかりませんが、背中や腕には笞《むち》か棒でたたかれたような傷痕がいくつもあるんです。わたしゃ、あれを見たとき、可哀相にこんなひどい目にあったのか、亭主は血も涙もない鬼だと思いました。そんなことをされれば誰だって逃げたくなるでしょう」

「ふむ……」

「でも、どちらへ行かれていたのです？」

「祐仙を殺した賊を見つけた」

「ほんとうですか」

嘉兵衛は目をまるくした。

「太助が教えてくれた男たち三人だ。一人はわからないが、二人はやむなく斬り捨てた」

「へっ……」

「賊は毒蜘蛛という街道荒らしの一味だ。祐仙を殺すのが狙いだったのか、金目当てだったのか、それはわからぬが……いずれにしろ、おおよその見当をつけることができた」

「まさか、この宿場にその一味がひそんでいるんじゃ……」

「それはおそらくないだろう。とにかくおれは賊を見つけなければならぬ」

「それはもう一日も早くお願いしたいことです」

「嘉兵衛、おぬしの気持ちもわからぬではないが、家の中で待っていたらどうだ。外で待とうが家の中で待とうが同じだろう」

「まあ、そうですが……」

「明日にでもまた訪ねてこよう」

春斎はそういって嘉兵衛と別れ、小松屋に向かった。

東の空にあった月は、いつしか西の空に移っていた。その月をゆっくり流れる叢雲《むらくも》が呑み込もうとしていた。

小松屋に戻ると、番頭が左門らがさっきから春斎を待っていると告げた。

「どこへ行っていた。やけに遅いではないか」

左門は待ちくたびれた顔を向けてきた。酒を呑んでいたらしく、顔が火照っている。そばに一人の浪人と若者がいた。春斎が二人に目を向けると、

「こやつが伊東屋の新七だ。そして、こっちが中津川勘助という男だ」

左門が二人を紹介して、これまでの経緯を簡略に話した。

「新七は伊東屋を襲った賊とは、まったく関わりがないようだ。こやつの話を信じればそうなる」

「八州さま、わたしは決して……」

新七が必死の形相でいい募ろうとするのを左門は遮った。

「わかっておる。わしの目は節穴ではない。おまえにできるような所業じゃないということはわかっておる。だが、疑いはかけられたままだ。その疑いをとくの

が先であろう」

「たしかに……」

新七はしょんぼりとうなだれる。

「そうめげるな。わしはおまえを疑っちゃいない。おまえさんと母親とのやり取りを聞いていて、わかった」

新七が救われたような顔をした。

「おまえは親思いだ。妹にも慕われている。それに人を殺すような男ではないというのは、何人もの悪党を見てきたわしにはわかる。江戸に戻っておまえは正直に話をすればいいだけのことだ」

「それで疑いは晴れますでしょうか……」

「晴らさねばおまえが困るであろう。まあ、わしはおまえの味方になってやる」

「よろしくお願いいたします」

新七は深々と頭を下げる。

春斎は残っていた酒を手酌で呑んだ。左門は柄に似合わず人情家であるし、人を見る目がある。そのことが春斎にはわかっているだけに、新七への疑いは感じなかった。

「中津川と申す浪人だな。なぜ、新七を追っていた?」

春斎のその疑問にも左門が答えた。

「松川さんは拙者にも非はあると申されますが……こやつのおかげで、まったくの暇暮《ひまぐ》らしをさせられました」

中津川が新七を睨むように見ると、新七はすみませんでしたと頭を下げる。

「それで、おぬし、どこへ行っておった?」

左門の問いかけに、春斎はざっと経緯を話してやった。

「すると、毒蜘蛛一味は戸塚辺りにおるかもしれぬな」

話を聞いた左門は、思案げな目で宙の一点を凝視した。

「松川さん、戸塚から戻ってくるときに考えたことがあります。二月前に襲われた平塚の長門屋という油屋を調べるつもりでしたが、無駄なような気がします」

「新七はその店のことを知っている」

左門の言葉に、春斎は新七を見た。

「へえ、おっかさんからの手紙で、長門屋が襲われたことは知っておりました。じつはわたしは江戸に行く前、長門屋さんに奉公に出ようかと考えていたんです。なにせ、平塚一の大きな店ですからあこがれていたんですが、死んだおとっつぁんが、どうせなら江戸に行けというんでそうしたんです」

「長門屋がなぜ襲われたか、賊が何者だったかまで知っているというのではあるまいな」

「いえ、それは知りません。ただ、盗まれた金は一千両はあったのではないかと……しばらく平塚では、その話で持ちきりだったとか……」

「わしもこやつの案内で長門屋には寄ってきたが、賊につながるような話は聞けなかった。おぬしへの土産をと考えていたんだが、なにもなかった。それに二月前のことだから、手掛かりもへったくれもない」

そういって盃を干した左門は、ぬかりなく聞き込みをしていたのだ。

「では、長門屋への調べはひとまず置いておくことにしましょう。わたしは長門屋を襲った賊がどこへ逃げたかをずっと考えてきました。上方のほうへ逃げたか、江戸のほうへ逃げたか、さもなくば北の方角、あるいは鎌倉のほうかもしれぬと……。ところが祐仙和尚を殺した賊は、戸塚にいました。一人の行方はわかりませんが、賊は藤沢から江戸寄りに逃げてひそんでいそうな気がしてなりませぬ」

「ふむ……」

「賊は大金を手にすると、派手に遊びたがるのが常です。小さな盛り場より大きな盛り場を好みます。それも場末ではなく、上等な店にあがりたがる」

「まあ、それが相場だな」

「すると江戸へ向かったのではないかと思うんです。もっともその手前の宿場にひそみ、ほとぼりが冷めたころに江戸へ向かうのかもしれませんが……」

「江戸でひとはたらきしようと企んでいるというのか」

「それはわかりません。江戸での盗みばたらきには危険がつきまといます。街道筋の宿場とちがい、江戸には御番所や火盗改《かとうあらた》めなどが目を光らせています。それに江戸の商家は戸締まりが厳重です。もっともそんなことは悪党らの気にすることではないでしょうが、田舎と違って江戸での悪事ばたらきはわりが合わない。それに、賊はそれ相応の稼ぎをしています。いまはなりをひそめて、じっとしているだけかもしれません」

「しかし、住職を殺し金を盗んでいる」

「盗まれたのは二、三百両のようです。しかも、三人の仕業。やつらは今回にかぎって金目当てでなく、端《はな》から住職を殺すのが狙いだったのかもしれません」

「なぜ、そんなことを？　殺された住職が賊の恨みを買っていたというのか……」

「それはなんとも……。ただ、そんな気がしてならぬのです」

春斎はうまく説明できなかったが、どうにも心に引っかかりを覚えている。しかし、それがなんなのか、自分でもよくわかっていなかった。

「あの、ちょいといいですか」

さっきから黙って春斎と左門のやり取りを聞いていた中津川だった。

「毒蜘蛛とおっしゃいましたが、その賊のことなら小耳に挟んだことがあります」

春斎と左門は同時に中津川を見た。

「詳しいことは聞いちゃおりませんが、名うての街道荒らしだと、そんなふうに……」

「どこでそれを……」

春斎だった。

「品川です。上方からやってきたという行商らが毒蜘蛛の話をしておりましてね。それでちょいと聞いただけですが……。なんでもやり方が鬼のようにあくどいらしいと……」

「ほかに聞いたことは……」

中津川はそれだけのことだと答えた。

「それで春斎、どうする？」

左門がまっ赤な顔を向けて聞く。

「明日、戸塚に行って探りを入れ、それから保土ヶ谷に向かおうかと……」

「保土ヶ谷……気になる店があるといっていたな」

「ええ、あの店はどうにも匂います」

春斎は保土ヶ谷宿にある吉田屋のことを脳裏に浮かべていた。賊に関係する店だというたしかな証拠もなにもない。しかし、春斎の鼻が猟犬のように悪の匂いを感じるのだ。

「すると、戸塚にも気になることがあるってわけか」

左門は春斎の心の内を読んだようなことをいった。

「今夜の一件があります。あとで考えたことですが、なぜわたしは孫市と恵三郎という男に尾けられたのだろうかと……。またやつらはわたしが踏み込む前に、泊まっていた旅籠を逃げ出している。それも解《げ》せないことです」

「…………」

「逃げたのは、わたしのことが知らされたからでしょう。今夜わたしが戸塚に入って、賊を追っていることを知っていたのは幾人もいません。つまり、そのなかに賊とつながりのある者がいたということです」

「見当をつけているんだな」

春斎は静かにうなずいた。

「よし、それなら明日戸塚に向かおう。手伝えることはやるが、わしはあまりゆっくりしておれぬ。新七を江戸に連れ帰らなきゃならぬからな」

「松川さんに無理は頼めないことは承知しています。気にしないでください。お代官から命令を受けているのはわたしですから」

四

昨日聞いた蟬の声が多くなっている。

目を覚ました春斎は、障子越しのあわい光を感じた。まだ、夜明け前であろうが、階下の板場から使用人たちの声や物音が聞こえてくる。

春斎は夜具を払いのけて起きると、大きく窓を開けた。朝の冷気がなだれ込んできて、皮膚を引き締めた。そのまま手拭いを持って洗面に行き、髭《ひげ》をあたり髷を整えた。

部屋に戻ると、左門たちも起きていて、出立の支度をしていた。

「拙者はこのまま江戸に戻ります」

中津川が誰にともなしにいった。

「かまわぬ。好きなようにしろ」

応じた左門は、新七におまえはおれたちといっしょに動くのだと釘を刺した。

新七はおとなしくうなずく。

慌ただしく朝餉を取った春斎ら一行は、そのまま小松屋を出た。

早発ちの旅人らがあちこちの旅籠から出てくるが、数はさほどではない。朝靄に包まれた街道にも人の姿は少なく、旅籠以外の商家はまだ店を開けていなかった。

大鋸橋をわたり遊行寺坂に向かう。境川は昇りはじめた日の光に輝き、河原には白鷺《しらさぎ》の姿があった。

「ちょっと待ってください」

春斎は左門にいって、嘉兵衛の店に立ち寄った。なにかと世話をしてくれた男であるから別れをいおうと思っていた。

屋根に掲げられた常磐屋の看板が朝日に染められていた。

戸口に立ち声をかけながら、戸を横に開いた。すうっと、戸は開いた。

「嘉兵衛……」

と、声をかけた瞬間、春斎は息を呑んだ。土間先に倒れている男がいたのだ。

「おい」

そういって敷居をまたいで近寄ると、嘉兵衛だった。腹の辺りに血だまりがあり、事切れているのがわかる。

「松川さん、来てください」

春斎の声で左門がすぐにやってきて、小さな目を瞠った。

「この店の主の嘉兵衛です」

「どういうことだ？」

「わかりません」

春斎はそういって土間奥に進み、店のなかを見てまわった。寝間に行くと、畳が引き剝がされ、床下に埋められている壺が見えた。壺は空っぽである。

おそらく金が盗まれたのだ。春斎は唇を嚙んで土間に戻った。

「腹をひと突きだ。抗《あらが》った様子はない。不意をつかれたか、よく知った者がやったのかもしれん」

「松川さん、わたしはこの店をもう少し調べてみます。問屋場の者を呼んできてもらえませんか」

「まかしておけ」

左門が去っていくと、春斎は辺りを仔細に調べ、一部屋一部屋に注意の目を配っていった。足跡がいくつか見られたが、賊の数は特定できなかった。

しばらくして問屋場の問屋役と年寄がやってきて驚いた。

口々にどういうことだというが、

「下手人の数は少なくとも二人以上だ。金を盗みに入ったと思われる」

と、春斎に答えられることは少ない。

「春斎、おぬしは昨夜この男に会ったのだな」

左門である。緊張の顔つきだ。

「旅籠に戻るほんの少し前に会っています。お島という女を待っているといっていたんですが……」

春斎はそういって壁の一点を凝視した。

もし、お島が戻ってきたとしたら……。それも一人ではなく、仲間を連れて戻ってきたのだとしたら……。

春斎の疑惑は会ったことのないお島に向けられる。もちろん、そうだという確信はない。毒蜘蛛の一味がひそかに常盤屋に目をつけていたと考えることもできる。

春斎は表に出て、辺りを歩いてみた。賊の落としものもなければ、それらしきものもなかった。

お島は嘉兵衛に、ひどい亭主から逃げてきたといっている。しかし、それは作りごとで、端から常盤屋を狙って接近していたとしたら、お島は賊の手先で〝たらしこみ〟をやったのかもしれない。

たらしこみとは、目をつけた店の女房や妾になって、機会を待って金品を盗むことをいう。しかし、お島だと決めつけるものはなにもない。

店はとくに荒らされてはいない。賊は嘉兵衛をあっさり殺し、まっすぐ金の在《あり》処《か》に行って、手際よく去った。そう考えるべきだった。

左門は嘉兵衛の傷を見た瞬間から、顔見知りの仕業だと主張した。春斎もそれに異論はない。殺しの手口から判断すればそうである。もし、顔見知りでなければ、殺しに慣れた者の仕業である。しかし、寝間の床下に金があることを賊は知っていたはずだ。そうでなければ、帳場や他の部屋も荒らされていなければ不自然である。

もしくは脅された嘉兵衛が、金の在処を教えたのか……。

調べをしたり、問屋場の者たちに話を聞いているうちに、常磐屋の奉公人たちがやってきた。春斎は一度会って話をしているお条《くめ》という女中を見ると、土間の片隅に呼んだ。

「おまえのほかにお島を見た奉公人はいないんだな」

「へえ、旦那さんにしばらくは黙っていろと口止めされていましたから。それにお島という人も人目をはばかっていましたし……まさか、あの人が……」

お条は顔をこわばらせていた。

「それはわからぬ。だが、お島はあやしい。どんな顔つきでどんな容姿だったか、覚えているだけのことを教えてくれ」

お条は宙の一点に目を据えて、ひとつひとつ思い出すように話した。

お島の年齢は三十歳から三十五歳くらい。容姿は並みだという。美人ではないが、妙な色気を感じたと話し、

「そうです。口許に小さな黒子がありました。米粒より小さいぐらいの……。わ

たしとばったり顔を合わせたとき、ばつが悪そうに笑ったんです。そのとき、その黒子が妙に婀娜《あだ》っぽく見えたのを覚えています」

お粂は真剣な顔でいう。

春斎は嘉兵衛から聞いたお島の抱えていた事情を思いだした。ひどい亭主から逃れて藤沢にやってきたといい、親切を施《ほどこ》した嘉兵衛に体を許している。そして、嘉兵衛はそんなお島の虜《とりこ》になった。

お島は知り合いに挨拶をしに江戸に戻ったが、また帰ってくると約束をしている。

しかし、最初から常磐屋に狙いをつけていたと考えることもできる。常磐屋は藤沢でも一、二を争う米穀商で、嘉兵衛は恋女房を亡くして独り身だった。

家族もいないし、奉公人はみんな通いであるから、夜は嘉兵衛一人だった。そんなことを考えると常磐屋は、賊の恰好の餌食になりそうな店だ。

嘉兵衛の遺体を店に残し、あとの始末を奉公人らにまかせると、一度問屋場に入って帳付に口書《くちが》きを取らせた。

「春斎、どうする？　ここに残るか？」

届けに必要なことを大方すませたあとで左門が聞いた。

「賊はすでに去っています。藤沢から離れていると考えていいはずです」

「むろん、そうだろう」

「戸塚に向かいましょう」

「それでよいか」

「他によい考えが浮かびません」

昨夜春斎が、嘉兵衛に会ったのは夜四つ（午後十時）はとうに過ぎていた。おそらく四つ半近かったはずだ。つまり、賊はそれ以降に常磐屋を襲ったことになる。

春斎は昨夜旅籠に帰って、左門らと話し込んでいた。あのとき窓は開け放していたから、往還を通る人の声や慌ただしい足音がすれば気づいていた。しかし、そんなことはなかった。もっとも賊は裏道から逃げたのかもしれないが、聞き込みをしたかぎりそんな人影を見た者は誰もいなかった。

五

蟬の声が高くなっていた。

地中にもぐっていた蟬たちが一斉に地表に出てきたようだ。代わりに、田の上を飛ぶ燕の姿が少なくなった気がした。

東海道を戸塚に向かう春斎たちは、松並木を抜けたところだった。右手に昨夜は見えなかった鎌倉山が眺められた。鬱蒼とした深緑に包まれている。

雲行きが怪しくなったのは、春斎が昨夜二人の賊を斬った原宿の辺りに来たときだった。賊の骸はすでになかった。近所の者か村役が片づけたのかもしれない。もしくは仲間の賊が始末したのか……。

「戸塚での用は長くかかりそうか？」

左門が歩きながら、鼠色をした雲の広がりを見ていう。

「そうかからないはずです」

春斎は問屋場でいくつかのことを聞けば、気になっていることは判明すると考えていた。

「常磐屋から盗まれた金はいくらだと思う？」

「あの甕《かめ》いっぱいに金が入っていたとすれば、かなりでしょう」

春斎は嘉兵衛の寝間の床下に埋められた甕の大きさを思い浮かべた。

水甕であったが、かなり大きなものだった。土中に半分埋まっており、五、六斗の水が入りそうだった。

「甕に詰められていたのが、小粒（一分金）だけだとすると、少なく見積もっても五百両はたっぷり入っていただろう」

左門の丼勘定だが、それだけの金が入っていたとしてもおかしくはなかった。毒蜘蛛一味の仕業だったとすれば、賊はこの数日で少なくとも七百両は稼いだことになる。

大変な荒稼ぎだ。

しかも、それには死人がともなっている。許せる所業ではない。

戸塚宿に入ったとき、ざーっと雨が降りだした。しかし、空の一角は晴れている。通り雨だろうが、三人は近くの商家の軒先に避難し、小降りになったところで問屋場に駆け込んだ。

「これは小室さま、松川さま」

顔見知りの問屋役が驚いた顔で迎え入れ、乾いた手拭いを手渡してくれた。

「昨日のことだが……」

春斎は問屋場にいる者たちをひと眺めした。昨夜、賊を探すために旅籠を探らせた年寄二人がいた。武蔵屋に賊がいると知らせてくれたほうの年寄に、

「おまえさん、おれのことを武蔵屋にいた賊に教えたりはしなかっただろうな」

と聞いた。

「なにをおっしゃいます。そんなことは滅相もありません」

年寄は口をとがらせ、鼻の前で手を振った。

嘘をついている目ではないし、それとなく昨夜も聞いていることだった。もう一人の年寄は別の旅籠をあたっていたので問題はない。

もう一人の人足はどうかと聞くが、

「やつも武蔵屋へは行っていないといっておりました」

答えたのは、昨夜詰めていた帳付だった。

「留吉はどこだ？」

「留吉だったら、裏の人足小屋にいるはずですが……」

「呼んでくれ。聞きたいことがある」

留吉がやってくるまで、春斎は出された茶に口をつけた。新七と中津川も上がり框に腰掛けたまま、表の雨を眺めている。雨は降っているが、空は晴れている。

留吉が呼びにいった帳付といっしょにやってきた。

「なんでしょう」

留吉はおそるおそる近づいてきて、春斎の前で立ち止まった。春斎はその顔をじっと見る。なにかに怯えている目をしていた。

「留吉、昨日おまえは、問屋役にお叱りを受けていたが、そのあとどこへ行った？」

「どこって家に帰りました」

「まっすぐか……」

春斎は射るような目で留吉を見た。留吉は視線を外して、そうですと蚊の鳴くような声でいった。

「おれを見ろ。もし、おまえのいうことが嘘だとわかったら、おれはおまえを斬るかもしれぬ」

春斎は刀の柄に手を添えた。留吉の顔が凍りつく。

「おれはそこにいる年寄の知らせで武蔵屋に行った。その前に、おまえはこの問屋場を出た。そうだな」

「……あ、はい」

「賊の名は孫市、そして恵三郎、もう一人は乙次郎という。孫市と恵三郎はおれを尾けて、おれを斬りに来た」

留吉が目を瞠ったまま、ゴクリと生つばを呑んだ。

「だが、おれは返り討ちにしてやった。一人は生かして口を割らせようとしたができなかった。やつらは、おれが武蔵屋に踏み込む前に逃げた。たまたまそうなったとは思えぬ。留吉、やつらに告げ口をしたのではないだろうな。……なにをふるえている」

留吉は青ざめた顔で足をふるわせていた。

「す、すみません。た、頼まれてどうしても断ることができなくて……」

春斎は目を光らせた。問屋場にいた者たちはみんな、留吉に目を向けた。

「もし、八州さまが問屋場に来るようなことがあったら知らせてくれと、堪忍《かんにん》してください。断れば、どうなるかわからず……しかたなしに……」

留吉はいきなり土下座をした。

「やつらがどんな男だか知っているんだな。留吉、顔をあげておれを見るんだ」

留吉は泣きそうな顔をゆるゆるとあげた。

「やつらの正体を知っているんだな」

「正体……いいえ、正体かどうか知りませんが、怖い人たちです。あっしは何度も脅されまして、いうことを聞かないと殺すといわれて……」

「ほんとうに知らないとぬかすか……」

「どんな素性の人なのかわかりません。ほんとうです。無宿の浪人で、よくないことを繰り返しているのではないかと、そんなことはうすうすわかっていましたが……」

春斎はじっと留吉を見た。留吉の目には救いを求めるような色が浮かんでいる。口から出まかせをいっているようには思えない。

「ならば、武蔵屋にいた三人のうちの一人、乙次郎というらしいが、そやつの居所を知らぬのか？」

「それはわかりません。でも、孫市さんが保土ヶ谷に向かったといっていました」

春斎はさっと左門を見た。

いつしか雨がやみ、あっという間にできた水溜まりの照り返す光が、問屋場のなかに射し込んできた。雀たちがちゅんちゅんと鳴きはじめている。

「留吉、おまえのいったことが嘘だとわかったら、おれはおまえを捕まえに来る。わかったな」

「嘘はいっていません」

留吉は泣きそうな顔で首を振り、拝むように手を合わせた。

「松川さん、保土ヶ谷に急がねばなりません」

春斎は左門を見ると、差料をがっとつかんで立ちあがった。

六

保土ヶ谷宿まで二里九町、春斎ら一行は足を急がせていた。雨あがりの空にうすい虹ができていた。蟬の声が昨日より高くなっており、雨で湿った草花のそばで蝶たちが舞っていた。

歩を進めるごとに日射しが強くなり、春斎の着物の襟が汗で黒くなっていた。汗かきの左門は、ひっきりなしに手拭いを使っている。

八州廻りは健脚である。春斎と左門についてくる、中津川と新七は息をはずませていた。途中で休ませてくれと、中津川が弱音を吐いたが、春斎が一蹴《いっしゅう》した。休んでいる暇などない。賊の居場所に見当がついた以上、ゆっくりしてはいられない。宿場を離れ、近郊の村や山に逃げられたら、探索は困難になる。

賊は集団になって行動しない。悪知恵のはたらく盗賊は、普段は二、三人に分かれて動く。ときには個別に行動し、計画がかたまり、狙いをつけた商家などにいざ押し入るというときに集まり、分け前をもらったらまた散り散りになる。

そんな賊を率いる頭《かしら》は、度量もあるし才知にも長けている。そしてなにより、統率する力を持っており、それなりの包容力があるものだ。もし、そういった魅力のない場合は、絶対的に逆らえないという恐怖を与えて手下らを支配する。

はたして毒蜘蛛と呼ばれる者はいずれであろうか……。

春斎は歩きながら、毒蜘蛛の考えを先読みしなければならないと頭をはたらかせるが、その実態はまだ闇の向こうにあるだけだ。

一行は境木の地蔵堂を過ぎていた。これからは二番坂、権田坂と下って宿に入る。

「……やつらはこの二月《ふたつき》、いや三月《みつき》ほどの間にかなりの金を稼いでいる。これ以上派手な動きは見せないだろう」

左門が振り分け荷物を右の肩から左肩へ移していう。

「おそらく……」

すでに一味は分散しているかもしれない。たとえ、そうだとしても春斎は首領を捕縛しなければならない。

それに、賊の頭の近くには、信頼の篤い仲間が何人かついているはずだ。その一人でも見つけたい。春斎の使命感は強くはたらいていた。

「賊は何人だと思う。これまでのことを考え合わせれば、大方は推量できると思うが……」

「松川さんはどう思います？」

「さあ、賊を見たという者がおらぬからなんともいえぬが、平塚の仕業は大人数だったはずだ。おそらく見張りなどを入れて十人から十五人ではないかと思う。長福寺の和尚殺しは三人だった。それから常磐屋嘉兵衛を襲ったのは二人以上だろうが、五人がせいぜいだろう」

「わたしも十五人程度だと思います。人が多ければそれだけまとめるのが難しいし、分け前も少なくなります。仮にここ三月の間で二千両の稼ぎがあったとしても、頭の取り分はそう多くないはずです」

「頭の悪いけちな賊の頭《かしら》は、欲が深い。しかし、そんなやつには悪党らもついてゆかない。だから、仲間割れを起こしたりして、すぐにアシがつく」

「…………」

「ところが毒蜘蛛といわれる賊はそうではない」

「おそらく知恵者でしょう」

「わしもそう思う」

「ひとつ気になるのが昨夜のことです。わたしは戸塚から尾けてきた賊の一味を二人斬っています。しかし、嘉兵衛の店が襲われたのはそのあとです。戸塚から賊が来て、嘉兵衛を襲ったとは思えません」

「藤沢にひそんでいたか、あるいは他の土地からやってきたということになるが……」

「おそらく藤沢のどこかにいたのではないかと思います。近くの村の百姓家にひそんでいたのかもしれません」

「そうかもしれんな。しかし、それを突きとめるのは難しい」

たしかにそうである。もし調べるなら、もっと人手と日数を要する。しかし、八州廻りに加勢できる人間の数は高が知れている。

廻村の際は道案内を使うが、この道案内も博徒崩れだったり、あるいは現役の博徒だったりする。仲間内には「二足の草鞋」と呼ばれて、毛嫌いされもするが、八州廻りの動きを的確につかんで、罪を隠蔽《いんぺい》することもある。

道案内は基本的には、八州廻りの耳目となって、犯罪の捜査や捕縛にあたる者であるが、手先に使うときにはそれなりの注意が必要だった。役に立つときと、先に述べたようにそうでないときがあるのだ。

「しかし、なぜ毒蜘蛛と呼ばれるんだろうな……」

左門が独り言のようにつぶやく。

春斎は遠くに聳える入道雲を見ていた。虹はいつの間にか消えていた。

盗賊の綽名は、その頭の出生地や容貌にちなむことが多い。ときには彫り物からつけられることもある。

ひょっとすると、背中に毒蜘蛛の彫り物をしているのか……。

しかし、そんなことはどうでもよいことだった。まずは賊の居場所を見つけ出すのがなによりも急がれた。保土ヶ谷にいなければ、どこへ行ったかその手掛りをつかまなければならない。松並木のある権田坂を駆けるようにおりた春斎らは、まっすぐ問屋場に向かった。

顔なじみの問屋と年寄がいたので、藤沢で起きたこと、また戸塚に賊一味がいたことなどをざっと話し、

「賊の一人は乙次郎という色白の男だ。年は二十四、五であろう」

春斎は祐仙和尚を殺した賊一味の一人のことを話した。

問屋場の者たちは互いの顔を見比べて首をかしげる。

「では、孫市と恵三郎という男はどうだ。これらはわたしが斬り捨てた者であるが……」

春斎はそういって、二人の人相を話した。

孫市の人相を話したとき、若い帳付が目を瞠った。

「その男に似た者を見たことがあります。顎に古傷があり、目の横に黒子のある、いかにも怖そうな顔をしておりました」

「どこで見た？」

「吉田屋です」

七

保土ヶ谷宿の中ほどにある吉田屋という居酒屋は、昼から夜四つ（午後十時）まで営業をしているという。

昼間は旅人らの休息所に使われ、夕刻からは近所の職人や店勤めの者や百姓、そして旅籠の宿泊客などでにぎわっているらしい。

「近ごろじゃ吉田屋めあてに旅に来たというお客もいるってほどです。大山詣《まい》りのついでに吉田屋なんてお客もいるんですよ」

そう話すのは春斎が定宿にしている藤屋の女中・お米だった。飯盛女だから、話しながらも色目を使うが、春斎はまったく関心がない。

さっきから茶飲み話をしているが、左門と中津川が吉田屋の様子を見に行っている。一度吉田屋を訪ねている春斎は、顔を覚えられている恐れがあるから、旅籠で待っているのだった。新七は隣の客間でおとなしくしているようだ。

「吉田屋の主は佐兵衛と申すのだったな」

「あの旦那はなかなかの男前で、うちの女中たちも噂をしています。でもわたしゃ、小室の旦那のほうがよっぽど男前だと思うけどね。年も若いし……」

お米は春斎の体をなめるように見て、胸に視線をとめた。

春斎は楽な着流しになり、はだけた胸を団扇で煽いでいた。お米の目はその逞しく隆起した胸を見ているのだった。

「ねえ旦那、今夜は泊まりでしょう」

お米は着物をすって近づいてくると、春斎の膝に手を置いた。わざと、自分の白い脹脛《ふくらはぎ》を裾から覗かせ、誘う仕草をする。

「おそらくそうなるだろう。それでだ……」

春斎はお米の手をやんわり払って言葉をついだ。

お米は少しむくれ顔になる。

「ちょいと気になる男がいるんだ」

春斎は自分が斬り捨てた孫市と恵三郎、そして先にいなくなった乙次郎の人相を話した。だが、お米にはまったく心あたりがなさそうだ。

「それじゃ大年増の三十女はどうだ。口許に艶っぽい小さな黒子があるんだが……。背丈や目方は並みのようだ。お島という名なのだが……」

「いやだ旦那、そのお島さんに気でもあるんですか……」

「そうではない。ひどい亭主に折檻されて、江戸から逃げてきた女だ」

「あれ……」

お米がぽかんと口を開けた。春斎は煽いでいた団扇を止めた。

「江戸から来た一人旅の女客がありましたよ。名前は違いますが、ここに小さな黒子がありました。そんなに美人じゃないのに、妙に色気があってねえ」

春斎は片眉を動かした。

「名はなんという？」

「お里《さと》さんでした。宿帳を見ればわかりますよ」

「番頭に宿帳を借りてきてくれ。すぐにだ」

表情を厳しくした春斎に、お米は少し驚いた顔をしたが、すぐに借りてくるといって部屋を出ていった。

嘉兵衛に救いを求め、嘉兵衛と懇《ねんご》ろになったお島とお里が同じ女ならあやしい。

（待て、お里……）

春斎はどこかで聞いた名だと、記憶の糸を手繰ってみたが思い出せなかった。それに別段めずらしい名前ではない。

そんなことを考えていると、お米が宿帳を持って戻ってきた。これ、この人ですといって、閉じた宿帳をめくって示した。

お里――。

住まいは、神田佐久間町一丁目、呉服商・伊東屋となっている。

春斎は目を瞠って、宿帳から顔をあげた。

「新七、来てくれ」

「あ、はい」

隣の間から新七がやってきた。宿帳を見せて、

「これはおまえの店ではないか？　主・安兵衛の女房はなんといった？」

と、いって新七を見る。

「おかみさんはお仙と申します」

「お里という使用人はいるか？」

新七は狐につままれたような顔で首を振った。

「お里、あるいはお島という名に覚えはないか？」

新七は視線を泳がせて、首を横に倒した。

春斎は落胆して肩を落とした。しかし、お里と名乗った女は、少なからず伊東屋のことを知っているはずだ。そして、嘉兵衛に救いを求めたお島に似ている節がある。

お里が藤屋に泊まったのは……。春斎は指を折って数えた。嘉兵衛の店から江戸に戻るといった夜である。

春斎は窓の外に視線を投げた。そのとき、お米が声をかけてきた。

「そのお里さんというお客ですがね、朝餉はこの宿で取りましたけど、夕餉はよそで済ませるといって吉田屋に行きましたよ。きっとどこかで店の噂でも聞いたんでしょうけど……」

何気ない一言だったが、春斎はお里は賊の一味かも知れないと思った。そして、お里がお島だったら……。

「春斎……」

声と同時に、左門と中津川が部屋の前に現れた。

第七章　帷子橋《かたびらばし》

一

「春斎、おぬしの鼻はよく利くようだな」

どっかりあぐらをかいた左門がいった。

「なにかありましたか？」

「臭いな。じつにあの店は臭い」

「臭いだなんて、そんなことというお客はいませんよ。いやですね」

そういうお米へ、春斎はやんわりと言葉をかけた。

「すまぬが席を外してくれ。内密な話があるんだ。それからおれたちのことは、めったに口外してはならぬぞ」

釘を刺すと、お米は「はい、はい」と、むくれ顔をして階下におりていった。

「臭いというのは……」

春斎は左門の下駄面を見る。

「店の者は客への応対はともかく、どうにも癖のあるような者ばかりだ。それに、板場と客間を隔てる暖簾がかかっているが、その暖簾の向こうには妙な浪人がいたりする。しかと顔は見えなかったが、暖簾がめくられるときにちらちらと見えたのだ」

「女はいませんでしたか？」

「女……。いや、あそこは男ばかりだ。酒を運ぶのも料理を運ぶのもみんなそうだ。だが、たしかに安くてうまい」

軽く引っかけてきたらしく、左門の鼻の頭は赤くなっていた。

「吉田屋の主人は剣術の心得があります。この前店に入って短いやり取りをしましたが、歩き方でそうだとわかりました」

武芸の心得のある者、とくに練達者は特徴のある歩き方をする。剣術の稽古をつづけるうちに自然に身についてしまうのだ。その基本は、すり足である。

足裏をあげず地面すれすれに歩くのもそうだが、足裏をあげても両膝の力が抜け、踵《かかと》から接地して、そこに体重が載っていなければならない。これは剣術の基本であり、必ず覚えなければならないことである。

「ふむ、そうであったか。すると、元は侍だったのかもしれんな。まさか、あの主が賊の頭だったら、これはことだぞ」

左門の小さな目に、針のような光が宿った。

「ここは疑ってかかるべきです。藤沢の嘉兵衛とよい仲になったお島という女がいましたね。その女がこの宿に泊まり、そして吉田屋に行っています」

「どういうことだ?」

左門は開いた扇子を閉じた。

「その女はお里という名で泊まっています。人相と歳がお島に似ています。それに住まいが神田の伊東屋になっているんです」

「なに、伊東屋だと」

「あっ」

小さな声を漏らしたのは、新七だった。なにかに気づいた顔をしていた。

「どうした?」

「へえ、うちのおかみさんから聞いたことがあります。いま思い出しました。以前、旦那さんに取り入った女がお里という名でした。おかみさんは旦那には女を見る目がない、あんな俗っぽいどこにでもいるような女に入れ込んで、旦那の気が知れないといったのです」

男の見る目と女の見る目は違う。女から見て、魅力のない女でも、男にとってはどうしようもなく好みということもある。

「そうか……ひょっとすると……」

つぶやいたのは左門である。そのまま言葉をついだ。

「伊東屋安兵衛には、昔お里という女がいた。安兵衛はあまりにも金を無心されて腹を立て、牢送りにしたといった。あの女にはまんまと騙されたとも、そのようなことをいっていた。春斎、おぬしにも話したはずだ」

春斎もその話を思いだしていた。

「ひょっとすると、お里の指図で伊東屋は襲われたのかもしれぬ。お里は安兵衛によって牢送りにされている。笞打ちの刑で放免されたようだが、その恨みをお里は忘れなかった。それで伊東屋を襲った。……金もさほど盗まれていなかった。そうだな」

左門は春斎に真顔を向ける。

「逆恨みだろうが、安兵衛もいい思いをしていながらお里を牢送りにしたのだから、女の身になって考えれば、我慢ならぬ話だ」

このとき、春斎は嘉兵衛から聞いた話を思い出していた。

――背中や腕には笞か棒でたたかれたような傷痕がいくつもあるんです。わたしゃ、あれを見たとき、可哀相にこんなひどい目にあったのか……。

そんなことを嘉兵衛はいった。

お島の腕や背中にあった傷痕は、笞打ちの刑によって作られたものかもしれない。いや、きっとそうだと春斎は思った。

「お島と名乗ったのがお里だったら……」

春斎のつぶやきを拾って、左門がつづけた。

「牢送りになったお里は、放免されたあと賊の一味になった。そして此度《こたび》、藤沢宿の米穀商・常磐屋に目をつけた。それなりの稼ぎのある店でもある。主の嘉兵衛は女房を亡くしている。そこで、お里が名を変えて奉公人もみんな通いだ。それなりの稼ぎのある店でもある。主の嘉兵衛は女房を亡くしている。そこで、お里が名を変えて嘉兵衛に近づき、押し込みの時機を待っていた」

「おそらくそうでしょう。お島は、奉公人にはなるべく顔を合わせないようにしていましたし、すっかり嘉兵衛に取り入っていますから、店の隅々まで調べ、金がどこに隠されていたかも知っていた」

「だから、あの店はあまり荒らされていなかった。嘉兵衛もあっさり殺されているようだった。つまり、嘉兵衛を殺したのは、お島を名乗るお里だったのかもしれぬ」

春斎も左門の推量に同感であった。

「しかし、わからぬのが長福寺の住職殺しだ」

「それには、お里が関わっていないだけかもしれません」

「しかし、小さな寺だ。賊にしてみれば、さほど旨味のある寺だとは思えぬ」

「たしかにそうでしょうが……」

疑問はあるが、長福寺を襲ったのは毒蜘蛛一味にほかならない。襲ったのは三人で、一人はまだ生きている。

「松川さん、吉田屋を見張りましょう」

春斎はきりっと口を引き結んだ。

「拙者も手伝おう」

中津川がいった。思いがけない助っ人であるが、こういうときは猫の手でも借りたい。左門が新七に、おまえにも手伝ってもらうといった。

二

夕日に染められていた保土ヶ谷宿が、徐々に明度を落としてゆくと、あちこちの夜商いの店や旅籠の軒行灯に火がともされる。

旅人を奪い合う留女たちの声も甲高くなってゆく。空に浮かぶ雲の縁は、朱から紫に変わり、そのうち群青色に変わった。

春斎は東海道に沿って両側に立ち並ぶ商家の裏側、つまり吉田屋の裏口が見える場所に腰を据えていた。藪蚊が多くてたまらないが、そこは我慢するしかない。

店の裏の勝手口に出入りするのは、板前と使用人の男たちだ。一度だけ、主の佐兵衛の姿が見えた。

左門と中津川は、吉田屋のはす向かいにある小間物屋の一間を借りて見張りをしている。

宿場の長さは四十五町ほどだ。吉田屋はその宿中にある。

(やつらは別に隠れ家をもっているはずだ)

見張りをつづける春斎は、暇にあかせて考える。宿場からは他の地へ通じる道がある。南に金沢浦賀道、北に八王子道などだ。

八王子道はいずれ甲州街道から中山道《なかせんどう》につながってゆく。賊がそちらに逃げれば、捕縛は難しくなる。

(まだ動くんじゃない)

春斎は、心中で賊に呼びかける。

吉田屋には疑惑があるだけである。まったく賊と関係ないかもしれない。もしそうであれば、春斎たちは無駄なことをしていることになる。

それでも春斎は、悪の匂いを感じている。左門もそうだ。

これだという証拠はないが、ここは勘に頼るしかなかった。そしてその勘は大きく外れていないはずだった。

「小室さま、小室さま……」

ささやくような低い声がして、新七がそばにやってきた。

そこは一本の欅《けやき》の根方だった。青葉を茂らせた枝が広がっており、昼間は日除けの木陰になる。北のほうには田圃が見られもするが、多くは山畑だ。

蛙の声が遠くから聞こえている。

「どうした。なにか動きがあったか?」

「いえ、これを……」

新七はにぎり飯を持ってきたのだった。茶の入った竹筒もあった。

「ありがたい」

春斎は早速にぎり飯を頬ばった。

「おまえもとんだことになったな」

「いえ、わたしがまっすぐ平塚に帰っていればよかったのです。変な寄り道をしたばかりに……」

新七は殊勝な顔をする。月明かりに、その表情はかすかに見える程度だったが、気弱そうなやさしい顔をしている。

「おまえのことは松川さんも端から疑ってはいなかったのだ。しかし、品川で殺しがあり、おまえが関わっていると知ったときは、もしや伊東屋を襲った賊の仲間だったのではないかと疑ったこともあったが……」

「いまもそうでしょうか？」

「いや、おまえのことはなにも疑ってはいない。だが、このまま江戸に帰れば、殺しの疑いがかかったままだろう」

「お菊さん殺しのことですね。でも、決してわたしではありません」

夜目にも新七の顔が蒼白になるのがわかった。

「しかし、あの一件はきちんと釈明をしなければならぬ」

新七は、「はい」といってうなだれる。

「心配するな。松川さんはきっと力になってくれる。……あの人はそういう人だ。悪いやつには厳しいが、そうでない者には情け深い人だ。おまえは母親思いの孝行息子らしいな。松川さんが感心していた」

「そんなことを……」

「新七は殺しのできるような人間じゃない。おれはやつの疑いを晴らすともいっていた」

「ほんとうですか」

新七の目がきらきらと輝いた。

「おれもできるかぎりのことはしてやろうと思う」

「ありがとうございます」

新七は声を詰まらせて頭を下げた。

春斎はにぎり飯を食べ終え、茶を飲んだ。目は吉田屋の裏口に向けていた。

「お菊さんを殺したのも毒蜘蛛の一味なんでしょうか？」

「それはわからぬ。しかし、おまえは殺されなくて運がよかった」

「ほんとうです。それを思うと、いまでもぞっとします」

新七はぶるっと肩をふるわせた。

「お礼奉公が済んだらどうするつもりだ？」

「おっかさんを江戸に迎えようかと思います。妹もいますが、妹にも考えがあるでしょうし、妹にはおっかさんのことでさんざん苦労させましたから、あの子にもお礼をしなければなりません」

「しかし、おまえには誓い合った女がいるのではないか。おっかさんを呼んだら大変ではないか……」

「お美代ちゃんのことでしょうが、少し待ってもらいます。まずはおっかさんの病気を治してやるのが先です」

「なんの病なんだ？」

「心の臓が弱いらしいのです。でも、江戸にはいいお医者さんがいます。診せたらきっとよくなると思うんです。わたしはおとっつぁんを亡くしておりますから、おっかさんには長生きしてもらいたいんです」

「いい心がけだ」

春斎がそう応じたとき、畑道から吉田屋の裏口に近づく男の影があった。一人である。一度まわりを用心深く見て、勝手口の戸を開き、店の中に消えた。春斎は腕に張りついた蚊をピシッとたたきつけて、目を注ぎつづけた。

新七も気づいたらしく口を閉じている。

しばらくして、さきほどの男が勝手口から出てきた。

「新七、あの男を尾ける。おまえは松川さんのもとへ行って、そのことを伝えるのだ。それからここに見張りをつけろといってくれ。誰をつけるかは松川さんにまかせる」

春斎は吉田屋を離れてゆく男を、しばらく見送ってから腰をあげた。

三

男は膝切りの着物に、股引、雪駄というなりだった。腰には長脇差《ながどす》をぶち込んでいた。提灯も持たずに夜道を歩いているが、月明りがあるのでさほど難儀はしない。

春斎は一定の距離を保って尾けつづける。

男は店から東へ進み、一度往還を横切り、再び宿場の裏に出た。すぐ先に今井川が流れており、粗末な橋をわたる。

夜空を映した川面に、月がおぼろに揺れていた。

その先は田圃と畑である。蛙の声があちこちでする。雑木林の間道を抜けてゆくと、少し広い道に出た。春斎にはその道が、金沢鎌倉につながる道だとわかる。

廻村で何度か来ているので、土地鑑はあった。この辺りが八州廻りの持ち味であろう。

男は坂道を下ったすぐのところを左に折れ、一軒の百姓家に入った。宿場から三町ほどのところだった。周囲は鬱蒼とした山で、梟の声がする。

春斎は男の入った百姓家に接近した。夜目はすでに利いているし、月明りもある。少し先の闇のなかで、ちらちら揺れ動くものがあった。

螢だ。近くに小川が流れているのだろう。しかし、その螢も数は少ない。もう少し早い時季なら乱舞する螢を見られたかもしれない。

百姓家の雨戸は半分閉められているだけだ。屋内に人の動く姿がある。障子に映っている影もある。

（何人だ？）

春斎は息を殺して、辛抱強く見張りをつづけた。

半刻ほどたって、屋内に三人の男がいることがわかった。声を聞きたいが、男たちの会話は少ない。それもくだらない仲間内の話である。やつがどうしたこうした、おれはこうだなどと……。

さらに小半刻ほどたったとき、煙管を吹かしながら縁側に立った男がいた。座敷にある行灯の明りを背に受けているので、顔は見えない。

男は煙管の火玉を手のひらで転がして、ふっと庭に吹き飛ばすと、座敷に戻ってあぐらをかいた。その顔が行灯の明りに浮かぶ。

春斎は凝視した。さっき尾けてきた男とは違う、色の白い若い男だ。ぼんやり表に目を向けていたが、奥から声がかけられた。

「乙次郎、そろそろ迎えの支度だ」

春斎は目を光らせた。祐仙和尚を殺した三人組の一人だ。振り返って立ちあがった乙次郎の顔を、脳裏に焼きつけた。

乙次郎が百姓家を出たのはすぐのことだった。提灯をさげて野路を辿り、宿場に向かう。春斎は百姓家と乙次郎を交互に見て、どうしようか考えた。

乙次郎はおそらく吉田屋に行くのだろう。このままこの百姓家を見張るべきか……。

迷っているとき、障子に映った影があった。

女だ。すぐにお里の名が頭に浮かんだが、別の女かもしれない。しばらく様子を見たが、女の影はすぐに消えてしまった。

どうしようか逡巡した春斎だったが、勝手に体が動いていた。乙次郎が宿場に入る前に捕まえよう。そう思ったのだ。

乙次郎に気取られないように、野路の起伏を利用して足を急がせた。今井川の手前で乙次郎に迫った。春斎が一気に間合いを詰めたとき、気配に気づいた乙次郎が振り返った。

瞬間、春斎は乙次郎の鳩尾《みずおち》をたたきつけた。

「うっ」

乙次郎がうめいて前のめりになった。春斎は提灯をもぎ取り、火を吹き消し、乙次郎の後ろ首を押さえつけたまま、横の畦道に移動した。

「なにしやがんだ。放しやがれッ」

逆らう乙次郎だが、春斎に喉の急所を押さえられて、声を出せなくなった。春斎は急所を押さえている指に力を込める。乙次郎は両手を使って、春斎の手を引き剝がそうとするができない。

「逆らえば、このまま首を絞めて殺すだけだ」

春斎の低く抑えた声に、乙次郎はおとなしくなった。かっと見開かれた両目に、恐怖の色をにじませている。

「きさま、毒蜘蛛一味の乙次郎だな。藤沢で仲間の孫市と恵三郎と組んで祐仙和尚を殺し、金を盗んだ」

乙次郎はギョッとなったまま体を固めた。

「孫市と圭三郎はおれが斬った。つぎはきさまの番だが、いうことに答えれば命は助けてやる」

乙次郎は首の急所を押さえつけられているので、声を出せない。春斎はつづける。

「毒蜘蛛の頭は誰だ？」

急所を押さえている指から力を抜いた。

「てめえは誰だ？」

「答えろ」

春斎が絞める。乙次郎の顔が苦しそうにゆがむ。

「吉田屋の主・佐兵衛か？　それとも別の男か？」

「そ、そんなことを知ってどうする？」

乙次郎は春斎の指から力が抜けたので口を開く。

「いえ」

「知らねえ」

春斎はさっと脇差を抜いて、首筋にぴたりとつけた。

脅しには刃物が効果的である。

「そ、そうだ」

春斎は目を光らせた。

「仲間は何人いる？」

そのとき、今井川をわたってくる人の声がした。春斎がそっちを見ると、橋をわたってくる男が二人いた。その一瞬の隙をついて、乙次郎が春斎の腕を払い横に転がって叫んだ。

「助けてくれ！」

しまったと思った春斎は、乙次郎を逆袈裟に斬りあげると、二人の男を見た。

男たちは突然の出来事と乙次郎の絶叫に驚いていたが、すぐに腰の刀を抜いた。

斬り捨ててもよかったが、春斎は闇にまぎれて逃げた。

顔をさらしたくなかった。今夜は、乙次郎を襲ったのが誰であるかわからないほうがいいと咄嗟に判断したのだ。

四

「いかがいたした？」

見張り場にしている小間物屋の裏口から春斎が入っていくと、左門と中津川が同時に顔を振り向けてきた。

「やつらの隠れ家を見つけました」

春斎はそういってから、さっきまでの経緯をざっと話した。

「やはり、吉田屋佐兵衛が賊の頭だったのか……。それで、その百姓家にいた女は？」

「障子に映った影しか見えませんでしたから、誰だか……」

「お里じゃ……」

左門は春斎が考えたことと同じことをつぶやき、吉田屋のことが大まかにわかったといった。それは、吉田屋を贔屓《ひいき》にし、日を置かず足を運んでいる問屋場の帳付から聞きだしたことだった。

「吉田屋の主は佐兵衛だが、板場に入っていることが多く、あまり店には顔を出さぬようだ。それから、板場の包丁人は一人、客間に出てお運びをやる男が三人いるが、こいつらはときどき交代するようだ。帳付は少なくとも五人はいるといった」

すると、吉田屋は七人で切り盛りしているということになる。

「佐兵衛の話だと、江戸の店をたたみ、使用人を連れてきて商売をはじめたという話だ。誰もそれを疑っている節はない。もっとも安くてうまい酒と料理が食えりゃ、客はそれで満足するのだから、もっともなことだろう」

「佐兵衛はどこに住んでいるんです？」

「使用人の部屋が店の二階にあるらしいが、通ってくる者もいて、佐兵衛も通っているという。同じ家に住んでいるのかどうか知らないが、佐兵衛の家は神戸町から福聚寺《ふくじゅうじ》の西を上って南へ行った、いわな坂という坂の先にあるそうだ。近所付き合いはないようだから、村の者も宿場の者も詳しくは知らないという」

春斎はさきほどの百姓家だなと目を細めた。

「松川さん、おかしいです」

表に目を向けていた中津川が振り返った。

「吉田屋が早仕舞いするようです。客がどんどん出てきます」

「なにッ……」

左門が戸障子に目を近づければ、春斎も板戸の隙間から表を見た。吉田屋を出た客が左右に散っているところだった。しかし、時刻が時刻だから数は多くない。暖簾が下ろされ、ガラガラと音がしたと思ったら、二階の雨戸が閉められるところだった。

吉田屋の閉店は夜四つのはずだ。それまでには半刻以上ある。

「新七は？」

春斎は左門と中津川を見た。

「店の裏で見張っている」

左門が答えるのに、

「様子を見てきましょう」

と、春斎は腰をあげた。

いやな胸騒ぎがした。さきほど斬った乙次郎のことで、佐兵衛らが警戒しはじめたのではないかと思った。もし、そうなら逃げられてしまうかもしれない。

しかし、すぐに否定した。やつらは、捕縛の手がまわっていることにまだ気づいていないはずだ。乙次郎が誰に襲われたか、賊一味は考えるだろうが、八州廻りだと気づいてはいないはずだ。辻強盗にあったと考えるかもしれない。

(甘い考えかもしれないが……)

春斎は唇を噛んで表に出ると、人目を避けながら宿場の北側にまわりこみ、新七のいる辺りに足を進めた。目印となる欅の木が黒い影となっている。

「新七……」

欅のそばに行って声をひそめて呼んだが、新七の姿がない。春斎は忙しく辺りに目を配った。吉田屋の勝手口は堅く閉じられていた。店の中に明かりも感じられない。

佐兵衛と店の者はどうしたのだ？　もう、店を出てしまったのか？

疑問は浮かぶが、新七のいないのが気にかかる。もしや、見張り場にしている小間物屋に戻ったのかもしれない。

(途中で行き違ったか……)

春斎は心中でつぶやいて、きびすを返した。

「なに、いない？　ここには戻ってきていないぞ」

小間物屋に戻るなり、左門が驚いた。

「まさか、逃げたのでは……」

中津川がいったが、

「そんなことはない。やつにはわしらから逃げる度胸などない」

答える左門の表情が硬くなった。春斎も同じである。

(新七は捕まったのか……)

もし、そうなら自分たちのことはすでに知られている。


「すぐにここを引き払う」

隠れ家に戻ってくるなり佐兵衛がいった。

その背後には手下らがついていた。隠れ家でくつろいでいた者たちは、佐兵衛らがまとっている緊迫した空気を感じ取り、一様に顔をこわばらせた。

「なにがあったんです？」

お里はいつになく緊張している佐兵衛に問うた。

「八州廻りがうろついている。店を見張られていたのだ。それに、おれたちのことが知られている」

「こいつがそうだ」

佐兵衛のうしろから土間に押し込まれた男が、よろよろと転げて倒れた。いまにも泣きそうな顔をしていた。

「八州廻りは二人で、連れがもう一人いるってことだ。孫市と恵三郎を殺したのも八州廻りだ」

「すると、さっき乙次郎を斬ったのもそうに違いない。くそっ」

別の手下が歯嚙みをした。

「どうするの？」

お里は佐兵衛にいってから、みんなの顔を眺めた。自分を入れて八人の仲間がいた。

「逃げるしかねえ」

佐兵衛はいいながら着替えにかかっている。手下たちもそれにならって動きはじめた。

「どこへ逃げるっていうの？」

「こんな夜更けだ。山に行く手もあるが、河岸場へ行って船を使おう。おまえも早く支度をしろ。ぐずぐずしていると、やつらが捕り方を揃えて乗り込んでくるかもしれねえ」

「船……」

お里は波立つ胸を押さえながらつぶやいた。

江戸見附のほうに、米穀・薪炭・干鰯《ほしか》などの津出《つだ》しをする帷子河岸《かたびらがし》があった。

「なにをしてやがる。ぐずぐずするんじゃねえ！」

お里は声を荒らげる佐兵衛に言葉を返した。

「船でどこへ行こうっていうのさ」

「神奈川の港まで出たら、知っている廻船問屋がある。あとは五大力船《ごだいりきぶね》で江戸なり小田原なりへ向かうだけだ。くそッ、こんなことになるとは……。お里、てめえが余計な考えを起こしたそのツケがこれだ。まったく女ってやつァ始末に負えねえ」

「へん、あたしのおかげで常磐屋はうまく襲えたじゃないさ」

「お頭、こんなときに痴話喧嘩はいけませんぜ。それより、そいつはどうします」

年寄株の手下が、お里と佐兵衛をたしなめて新七を見た。

「可哀相だが、連れていくわけにゃいかねえ。……始末しろ」

佐兵衛の言葉を聞いた新七は、ヒッと息を呑んで、瘧《おこり》にかかったようにふるえた。

「待って、そいつは連れていくのよ。わたしたちが船に乗るまでの人質さ。八州廻りがそばにいるんだったら、無事に船に乗れるかどうかわからないじゃないか」

お里の言葉に佐兵衛がなるほどという顔をして、

「気の利いたことをいいやがる。よし、そいつは連れていこう」

といった。

素早く身支度を終えた一同は、有り金をそれぞれの胴巻きに入れて隠れ家を飛び出した。これにかかった時間は、ほんのわずかだった。

五

賊の動きも早かったが、春斎らの手配も早かった。

まず、春斎と左門は、宿泊している旅籠に中津川を走らせ、新七がいないことをたしかめさせると、問屋場で合流していわな坂の百姓家に駆けた。

この間に、問屋場詰めの人足たちを四方に散らせ、街道筋に目を光らせた。

「おかしい、人の気配がない」

賊の隠れ家に近づいた春斎は、雨戸や戸口から明かりが漏れていないことに気づいた。

「ほかにも隠れ家があるんじゃ……」

左門がいう。

「とにかくたしかめましょう」

春斎が先に歩きだし、戸口に立って耳をすませた。それから戸に手をかけて、一気に引き開けた。家の中は真っ暗だった。燭台を見つけて、火をともす。

座敷や居間に脱ぎ散らかされた着物や前垂れがあった。茶碗や徳利なども転がっていて、雑然としていた。しかし、いままで人のいた空気が澱《よど》んでいる。

(逃げられたか……)

舌打ちした春斎は、座敷にあがりこんで新七がいないか襖や障子を引き開けたが、人っ子一人いなかった。

「どうした?」

左門が戸口から声をかけてきた。

「逃げられたようです」

「松川さん、松川さん」

中津川が人足といっしょに、息を切らして駆けつけてきた。

「やつらを見た者がいます。七人か八人か数はわかりませんが、賊らしき影が今井川沿いに江戸のほうに向かっていったそうで……」

春斎らは川に向かった。野や畑の先にある宿場町があわい月明かりに抱かれている。春斎らは口を閉じたまま野路を駆けるように歩く。

今井川は宿中を横切ってさらに街道沿いに流れ、再び向きを東に変え、帷子川に合流する。その手前には津出しをする河岸場がある。

宿場を貫く街道に戻ったとき、また人足の一人がやってきた。

「八州さま、賊は街道を横切って裏の道を江戸のほうへ逃げました。ついいましがたのことです」

「賊の数は？」

「九人です。女が一人いました」

春斎は遠くに視線を飛ばした。女はお里であろう。

「やつらは裏道を使って東海道を下るつもりだ。わしらは街道をまっすぐ進もう。急げば先まわりできるかもしれぬ」

左門の顔が引き締まっていた。

「そうしよう。問屋場にいる者に捕り物支度をさせ、おれたちのあとを追うように伝えるんだ」

春斎は人足に指図すると、街道を江戸見附のほうへ急いだ。歩きながら襷《たすき》をかける。中津川はいつしか左門と意気投合しており、見張りにつく前、

――拙者にも助《すけ》をさせてください。これもなにかの縁でしょう。こういったことを一度はやりたかったのです。

と、目を輝かせていた。左門も思いがけず助っ人になってくれたので、かたじけないと、口許に笑みを浮かべていた。

「新七はやつらといっしょにいるんだろうな」

左門が息を切らしながらいう。そうであってくれと、つぶやきを足した。

春斎も新七が殺されているとは思いたくなかった。

江戸見附の先にある松並木が黒い影となって遠くに見えていた。

田圃や畑のなかを縫って伸びる道を拾ってゆく佐兵衛らは、ときどき周囲に注意の目を向けていた。背後を振り返っても追っ手の来る様子はない。

どこかで犬の遠吠えがするくらいである。

「船はいくらでもある。心配はいらねえ」

先を歩く佐兵衛が、仲間にそんなことをいった。

ついてゆくお里は、その後ろ姿を眺めて、

（この男はいつまでわたしをそばに置いておくんだろうか）

と考えた。

もし、うまく逃げられたら、これから先の余生は佐兵衛と穏やかに暮らしたいと思う。だが、それは一方的な自分の思い込みかもしれない。

佐兵衛はこれまでもいろんな女を捨ててきた。自分もその二の舞になるかもしれないが、佐兵衛の年を考えると、きっと自分のことは見捨てないだろう、見捨ててほしくないと祈るように思う。

「ど、どうか、わたしのことは……」

お里のそばを歩く新七がすがるような目を向けてくる。命乞いをするその顔はべそをかいていた。男のくせにだらしないと思うが、

「何度いわせりゃわかるんだい。めったに殺しなどやりゃしないっていってるだろ。誰かへたなことをしたら、わたしが守ってあげるさ」

と、お里は気休めをいってやった。

新七はお願いしますと、泣き顔で頭を下げる。

「お里、やはり坊主殺しが祟ったのかもしれねえな」

先を歩く佐兵衛が振り返った。お里はその顔を睨むように見る。

「おめえがあんなことをいい出さなきゃ、孫市も恵三郎も殺されることはなかった。色坊主がなにをしようが、おれたちが関わることはなかったんだ」

「放っておけなくなったんですよ」

お里は低声で小さく反撥したが、佐兵衛の耳には届かなかったようだ。

帷子川《かたびらがわ》に架かる橋が見えた。その下流に河岸場がある。

辺りが急に暗くなった。月が雲の裏に隠れたのだ。一行は星明りを頼りに、野路を抜けて川沿いの道に出た。

そのとき、再び月が雲から出て明るくなり、長さ十五間、幅三間の高欄《こうらん》つきの帷子橋が月明かりに浮かびあがった。

川岸の柳が夜風にそよぎ、葦の茂みが乾いた音を立てた。

「あっ……」

仲間の一人が声をあげた。お里も気づいて、足を止めた。

帷子橋の上に人の姿が浮かびあがったのだ。その男は月光をはじく刀を下げており、襷をかけていた。さらに、別の男二人が橋の向こうからわたってくる。

「関東取締出役参上！　外道《げどう》ら、神妙にいたせ！」

六

声を張りあげた春斎は、さっと人数をたしかめるなり、疾風《はやて》のように斬り込んでいった。

賊の先陣を切って撃ちかかってきた者がいた。八相に構えていた春斎の剛剣が唸り、相手の刀をはじいた。耳朶《じだ》をたたく金音がひびき、火花が散った。

転瞬、春斎は小手を返すようにして刀を振りあげ、男の片腕を斬り飛ばした。

「うぎゃあ！」

肩口から腕をなくした男が絶叫をまき散らした。斬り飛ばされた腕が、血の条《すじ》を引きながら空中を舞って、ぼとりと大地に落ちた。

それを合図にしたかのように、賊らが撃ちかかってきた。左門が迎え撃ち、中津川も敵陣に殴り込みをかけるように突っ込んでゆく。

春斎は横合いから突きを送り込んできた男の刀を、紙一重でかわすなり、正面に立ち塞がった男の首をすっぱりと斬った。

「うっ」

相手はうめき声しか漏らせず、斬られた首の皮がぱっくり口を開けたかと思うと、たちまち血が迸った。男はたまらず刀を落とし、踊るように反転すると、そのままどさりと大地に倒れ伏した。

「新七……」

春斎はまわりを見て声をかけた。新七は腕をつかみ取っている女から逃げようとしているが、女の手には短刀がにぎられていて、進退きわまっている。

左門が一人を斬り倒すのが見えた。中津川が橋の上で鍔《つば》迫《ぜ》り合いをしていた。

新七を救いに行こうとしたとき、佐兵衛が目の前に立った。

「きさまが毒蜘蛛の頭だったとは……」

春斎は地摺り下段の構えになって、わずかに腰を落とした。

「てめえの名を知って、ちっとは驚いたぜ」

佐兵衛は上段に構えたまま、すり足を使って間合いを詰めてくる。

「おれのことを知っているのか？」

春斎は爪先三寸に下ろしていた刀の切っ先を、ゆっくりあげてゆく。月明りを受けた双眸《そうぼう》は、いまや猛禽類《もうきんるい》のように鋭くなっていた。

「小室春斎といえば、浪人奉行と呼ばれる八州廻りだ。てめえに泣かされた悪党は十本の指じゃ足りねえとか……」

春斎は浪人からなりあがった八州廻りである。左門を含めた仲間内でからかい半分でつけられた綽名が〝浪人奉行〟だったが、いまやその名は関八州に轟いているようだ。

「きさまもその一人に加えてやろうではないか」

春斎の愛刀・五郎入道正宗の切っ先は、佐兵衛の眉間に狙いが定められていた。

「ほざけッ」

佐兵衛が地べたを蹴るなり上段から撃ち込んできた。

春斎はすっと腰を落としざまに、佐兵衛の刀を剣先で横に払い流し、返す刀で、体勢を崩し体を泳がせている佐兵衛の左肩を斬った。

「むっ……」

斬られたまま佐兵衛は前へ進み、突如、脱兎のごとく駆け出した。そのまま川を越えようと橋を渡りはじめた。春斎は逃がすまじと追いかける。

逃げる佐兵衛が振り返った。肉薄してくる春斎にギョッと目を剝き、再び刀を構えなおして立ち止まった。

「これ以上は無理だ。おとなしく縛《ばく》につくのがきさまのためだ。刀を捨てろ」

春斎はゆっくり近づきながら諭すようにいう。

「その手に乗るか……」

佐兵衛は最後の抵抗とばかりに、斬られた腕の痛みを堪《こら》えて刀を腰だめにして突っ込んできた。春斎は横に飛ぶと、橋の高欄に一度足をつき、それから宙を舞った。

目標を見失った佐兵衛が、顔をあげて春斎に気づいた。だが、そのときはもう遅かった。

刃風《じんぷう》を立てる春斎の刀は、佐兵衛の額を割り、さらに鼻から顎にかけて縦に斬り裂いていた。

「うわっ、うぉ、うおッ！」

獣が咆哮《ほうこう》するような叫びをまき散らした佐兵衛は、一度高欄にもたれると、ずるずると倒れていった。同時に胴巻きに包み込んでいた金が、ばらばらと散らばった。

左門が返り血を浴びた血まみれの顔を春斎に向けてきた。中津川がお里を引き倒し、膝頭で後頭部を押さえつけていた。新七は寒さにふるえるように橋の袂《たもと》で身をわななかせていた。

周囲には七つの骸が転がっていた。

風が吹いてきて街道の土埃を巻きあげたとき、遠くから提灯の行列が近づいてきた。問屋場の捕り方たちだった。

「佐兵衛は生かしておきたかったが……」

生け捕りにしたかった春斎は、唇を噛んで、むなしく首を振った。

「しかたないさ」

左門が応じて、言葉をついだ。

「あの女がいる。生き証人だ」

春斎は中津川に後ろ手に縛られて、立ちあがらされたお里を見た。髪を乱したお里の顔はまるで夜叉《やしゃ》のようであった。

七

その日の朝早く、春斎ら一行は保土ヶ谷宿を出立した。

捕縛できたのはお里だけであった。残党がいないか、吉田屋はむろん周辺の村にも捜索がかけられたが、見つけることはできなかった。

お里への訊問は容赦なかった。なにしろ春斎と左門が交代しながら、お里を眠らせずに白状を迫ったのである。

強情だったお里も、恫喝《どうかつ》に恐れをなし、さらには睡魔には勝てずに、訊問に答えていった。それらの証言は口書きに取られたが、すべてが真実だという証拠はない。さらなる調べをしなければならないので、江戸へ押送《おうそう》する唐丸籠《とうまるかご》に入れられた。

藤沢宿の米穀商・常磐屋嘉兵衛、平塚の油屋・長門屋を襲ったのは、やはり佐兵衛を頭とする毒蜘蛛一味の仕業であった。しかし、常磐屋襲撃の指揮を取ったのは、お里以下五人の者だった。

「道理で手口がうまくいきすぎていると思ったが、やはり嘉兵衛を籠絡《ろうらく》しての仕業であったか……」

春斎はお島と名乗った女が、お里だと知った時点で、そういうことだろうと推量していた。しかしながら常磐屋に目をつけたのはやはり佐兵衛であり、お里はその指図で動いただけだといい逃れをした。

「どんな理屈をこねようが、てめえが常磐屋嘉兵衛を殺して、金を奪ったことに変わりはねえんだ！　いい逃れは許さん！」

訊問中に左門は赤鬼のような顔になって、何度もお里を怒鳴った。

盗んだ金は長門屋から一千五百両、常磐屋から九百両、長福寺から二百五十両だった。もちろん、それはわかっているだけの金額で、他の宿場での犯行もあるはずである。それらは江戸でじっくり調べられることになっている。

お里を乗せた唐丸籠は神奈川宿を過ぎ、川崎宿に入った。六郷川をわたれば、もう江戸までは四里ほどである。

空には入道雲が聳え、街道の林で鳴く蟬の声が高くなっていた。春斎ら一行は汗をふきながら、陽炎の揺れる道を進みつづけた。

通常、押送される罪人には、手鎖《てぐさり》と足枷をかけ、舌を嚙まぬように竹の管《くだ》を嚙ませるが、縄で羽交い締めされたお里には、それらは使用しなかった。籠内の柱につないだ小手もゆるくしていた。

これは道中で話を聞くための臨時の措置で、春斎と左門が情け深いことを口にすれば、お里の心も揺れるのか、保土ヶ谷の問屋場で話したこととは、また別のことを白状するのだった。

長福寺の祐仙和尚殺しの指図を下したのはお里であったが、その理由は、檀那《だんな》寺《でら》の権力と檀家の弱みに目をつけ、他人の女房を手込めにする祐仙に我慢がならなかったからだといった。

「同じ女として、そんな坊主は生きていてはいけないと思ったんです」

このときは不幸な女の弱みを見せ、お里は涙ぐみ、神田の伊東屋安兵衛も同じ男だとつぶやきを漏らした。

春斎と左門は、やはりそうだったのかと顔を見合わせ、

「伊東屋を襲ったのもおまえだったのだな」

と、念を押すように確認した。お里は観念したのか、こくりとうなずいた。

「いい思いをしておきながら、あらぬ罪を着せて牢に送り込んだ男だから許せなかった」

と、お里は悔しそうに唇を嚙みしめた。

お里は伊東屋安兵衛の訴えで、牢に入れられはしたが、罪状はさほど重くなく、正刑《せいけい》ではない笞打ちの責め問いを受けて釈放されていた。

「それにしてもおまえは罪なことをした。なんの落度もない安兵衛の女房と奉公人を殺しているのだ」

春斎の言葉に、お里は黙り込んだ。

「だが、おまえはしくじった。安兵衛を殺したつもりだろうが、ちゃんと生きて

いる。背中を斬られはしたが……」

お里はえっと、目を見開き、驚いた。

「そのことも江戸にて調べを受けることになる」

「ふん、悪運の強い男だね。いいさ、わたしゃ死んで呪ってやるだけさ」

佐兵衛が、なぜ毒蜘蛛と呼ばれたのか。そのことを訊ねると、お里は恥ずかしげもなく、自分の太股を見せた。付け根の辺りに、蜘蛛の彫り物があった。

佐兵衛は自分がものにした女には、必ずその蜘蛛の彫り物を太股の付け根に彫らせていたらしい。お里は、自分は何人目の女か知らないが、佐兵衛と知り合えて、いい思いをしたと、このときはいまだに未練のある顔をした。

一行は大森を過ぎた。唐丸籠を担ぐ人足は、宿場ごとに替えていたので、品川宿に入るのは早かった。

しかし、鈴ケ森の刑場を過ぎた辺りで、お里が急にわめきだした。

「あたしは唆《そそのか》されただけよ！　佐兵衛に逆らうことができずに、手を貸しただけだよ！　出してくれ！　こんな籠なんかに乗っていたくない。おい、八州野郎！　出せ出せ出せ！」

そうやって籠のなかで暴れたかと思うと、急におとなしくなり、

「八州の旦那、後生だから許してくれないかい。あたしは旦那たちのためだったらなんでもするから……」

と、涙を浮かべた目に色気を漂わせもした。だが、品川宿の自身番に到着すると、お里はうなだれたまま一切口を利かなくなった。

左門がお多福という煎餅屋の娘・お菊殺しの一件がどうなっているか、自身番に聞きに行っている間、春斎はしょんぼりうなだれている新七の肩を、励ますようにたたいた。

「新七、おまえが無実なら、必ず疑いは晴れる。天の目は節穴ではない。己を信じ、いざとなったときでもまっすぐ前を向いて、正直なことを話すのだ」

「……はい」

素直にうなずく新七だが、やはり心細いのか顔色はよくなかった。

「おれも松川さんも、おまえのために助をする。味方がいるということを忘れるな」

「ありがとうございます」

新七は目に涙を浮かべて、深々と頭を下げた。そのとき、左門が自身番から飛びだしてきた。

「おい新七、お菊殺しの下手人は捕まっていたぞ」

「えっ……」

「お菊には付き合っている平次という大工がいた。その平次が、おまえとお菊の仲を疑って腹を立て、惣助《そうすけ》という大工仲間を誘って襲ったというのだ」

「へっ……」

新七は狐につままれたような顔をした。

「つまり、おまえを匿ったお菊に男ができたと誤解したのだ。おまえは無実だ。なんの咎も受けることはない」

「ほ、ほんとうですか」

「ああ、おまえはこれまでどおり生きてゆける」

「新七、よかったではないか」

春斎が声をかけると、新七は心底安堵した表情になった。

「ありがとうございます。ひょっとすると、わたしも罪人になるのではないかと、生きた心地がしていなかったのです。……小室さま、松川さま、ありがとうございます」

礼をいって頭を下げた新七は、中津川に顔を向けて、

「中津川さま、わたしがあのとき拾った財布をちゃんとお返ししていれば、無駄な旅をすることはなかったのですね。ほんとうに申しわけございませんでした」

「なに、いいってことよ。おれが刀を抜いて脅すような真似をしなかったらよかったのだ。それに金はそっくり返ってきたし、思いがけず八州廻りの旦那たちと手柄を立てることができたんだ。それはそれで面白みがあった」

ハハハと、中津川は新七の気を軽くするように笑った。

「そうであった。中津川、おぬしには世話になった。思いがけぬ助ばたらきに礼をいう。これはわたしからの気持ちであるが、受け取ってくれぬか」

春斎はひそかに用意していた金包みを中津川にわたした。

「……よろしいんで？」

「遠慮はいらぬ」

「では、遠慮なく」

中津川は金包みを受け取って、頬をゆるめた。

「さて、まいろうか」

春斎の声で唐丸籠が持ちあげられた。

夏の光につつまれた街道には、いつもと変わらぬ人馬が行き交っていた。

※この作品は双葉文庫のために
書き下ろされたものです。

双葉文庫

い-40-19

真・八州廻り浪人奉行《しん はっしゅうまわ ろうにんぶぎょう》
虹輪《こうりん》の剣《けん》

2012年3月18日　第1刷発行

【著者】
稲葉稔《いなばみのる》

【発行者】
赤坂了生
【発行所】
株式会社双葉社
〒162-8540 東京都新宿区東五軒町3番28号
［電話］03-5261-4818(営業)　03-5261-4833(編集)
www.futabasha.co.jp
(双葉社の書籍・コミックが買えます)
【印刷所】
慶昌堂印刷株式会社
【製本所】
株式会社ダイワビーツー

【表紙・扉絵】南伸坊
【フォーマット・デザイン】日下潤一
【フォーマットデジタル印字】飯塚隆士

ISBN978-4-575-66550-5 C0193
Printed in Japan

稲葉稔

影法師冥府葬《めいふおく》り

父子《おやこ》雨情《うじょう》

長編時代小説〈書き下ろし〉

父を暴漢に殺害された青年剣士・宇佐見平四郎は、師と仰ぐ平山行蔵とともに先手御用掛として、許せぬ悪を討つ役目を担うことに。

稲葉稔

影法師冥府葬《めいふおく》り

夕まぐれの月

長編時代小説〈書き下ろし〉

平四郎の妻あやめが殺害された。さらに、先手御用掛の職務に悩む平四郎に、兄弟子の菊池多一郎が突如刺客となって襲いかかる。

稲葉稔

影法師冥府葬《めいふおく》り

雀の墓

長編時代小説〈書き下ろし〉

江戸城の警護にあたる大番組の与力と同心が相次いで斬殺された。探索を命じられた平四郎は二人の悪評を耳にする。シリーズ第三弾。

稲葉稔

影法師冥府葬《めいふおく》り

なみだ雨

長編時代小説〈書き下ろし〉

微禄で飼い殺し同然にされた不満から狂気に走り、小普請組世話役を斬殺した男を追う平四郎。馬庭念流の必殺剣が襲いかかる。シリーズ第四弾。

稲葉稔

影法師冥府葬《めいふおく》り

冬の雲

長編時代小説〈書き下ろし〉

水野出羽守の下屋敷から、二万五千両が奪われた。探索を命じられた宇佐見平四郎は、新たに仲間になった孝次郎とともに備中へ向かう。

稲葉稔

影法師冥府葬《めいふおく》り

鷲の声

長編時代小説〈書き下ろし〉

二万五千両が盗み出された事件の探索を進める宇佐見平四郎たちに、新たな火種が降りかかってくる！　好評シリーズ第六弾。

稲葉稔

不知火《しらぬい》隼人《はやと》風塵抄

疾風《はやて》の密使

長編時代小説〈書き下ろし〉

剣と短筒を自在に操り、端正な顔立ちで女たちを虜にする謎の浪人・不知火隼人。その正体は将軍の隠し子にして、幕府の密使だった！

稲葉稔
不知火《しらぬい》隼人《はやと》風塵抄
波濤《はとう》の凶賊
長編時代小説〈書き下ろし〉

浦賀で武器弾薬の密貿易を阻止した不知火隼人だったが、護送の最中頭目の男が自害してしまう。黒幕を追う隼人の前に、謎の美女が現れた。

稲葉稔
不知火《しらぬい》隼人《はやと》風塵抄
黒船攻め
長編時代小説〈書き下ろし〉

津軽沖から不気味に南下する謎の黒船が出現した。江戸への侵入を恐れた幕府の命を受け、不知火隼人が正体を暴くべく立ち上がる！

稲葉稔
不知火《しらぬい》隼人《はやと》風塵抄
葵の刃風《じんぷう》
長編時代小説〈書き下ろし〉

ついに自らの出生の秘密を知った幕府の密使・不知火隼人に、暗殺の魔の手が忍びよる。刺客は最凶の伊賀衆五人。はたして隼人の運命は!?

稲葉稔
八州廻り浪人奉行
天命の剣
長編時代小説

欠員補充で八州廻りとなった中西派一刀流宗家の妾腹・小室春斎。「人のために強く生きよ」との父の遺言を胸に、血腥い上州へと旅立つ。

稲葉稔
八州廻り浪人奉行
斬光《ざんこう》の剣
長編時代小説

札差「扇屋」の主従を惨殺して七千両を奪い、琉球使節まで手に掛けた虚無僧姿の賊を追う小室春斎。冬の箱根路を血風が吹き荒れる！

稲葉稔
八州廻り浪人奉行
獅子の剣
長編時代小説

八州廻りに捕縛されたはずの盗賊、蜘蛛の巣一家の残党が江戸に現れた。見事召し取った小室春斎は、賊を殲滅するため根城の川越に向かう。

稲葉稔
八州廻り浪人奉行
昇龍の剣
長編時代小説

廻村先の日光から江戸に戻った小室春斎を待っていたのは、人殺しの嫌疑と獰猛な刺客。見えない敵、張り巡らされた罠。衝撃の最終巻。

稲葉稔
闇斬り同心　玄堂異聞
撃剣復活
長編時代小説
浪人に身をやつしていた朝比奈玄堂は、柳剛流免許皆伝の豪剣を見込まれ、斬り捨て勝手の闇同心に抜擢される。痛快シリーズ第一弾。

稲葉稔
闇斬り同心　玄堂異聞
凶剣始末
長編時代小説
影同心の身分を隠し、火盗改めの大島文吾と大盗賊〝闇の彦市〟を追うことになった朝比奈玄堂。雪の江戸に快刀・岩戸一文字が炸裂する！

稲葉稔
闇斬り同心　玄堂異聞
剛剣一涙《いちるい》
長編時代小説
出奔した母を訊ねて増上寺山門で行き倒れた幼な子を助けた玄堂は、自らの孤独な境遇を重ね合わせ、子供の母親捜しに乗り出す。

稲葉稔
真・八州廻り浪人奉行
誓天《せいてん》の剣
長編時代小説
〈書き下ろし〉
中西派一刀流の豪剣と誰よりも熱い人情を引っ提げて、伝説の凄腕八州廻り・小室春斎が帰ってきた！　ファン待望の新シリーズ第一弾。

海野謙四郎
異能の絵師爛水
花鎮めの里
長編時代小説
〈書き下ろし〉
桜の季節、北国の櫛流村に北野爛水と名乗る謎の絵師が現れた。不思議なことを次々と起こす爛水という若者とは、はたして何者なのか。

北沢秋
奔《はし》る合戦屋《かっせんや》（上・下）
長編戦国
エンターテインメント
中信濃の豪将・村上義清の下で台頭する石堂一徹。いかにして孤高の合戦屋は生まれたのか。話題のベストセラー戦国小説第二弾！

芝村凉也
返り忠兵衛　江戸見聞
雄風翻《ゆうふうはため》く
長編時代小説
〈書き下ろし〉
懐古堂殺しの下手人と、忠兵衛襲撃の経緯を探る岸井千蔵。傷を負った忠兵衛には、さらに凶悪な刺客が襲いかかる。大人気シリーズ第五弾。